Wie jeden Morgen fuhr ich mit meinem kleinen Wagen in Richtung Innenstadt zu der Bankfiliale, in der ich arbeitete. Meine langen blonden Haare hatte ich wie immer zu einem Pferdeschwanz zusammengebunden, das Make Up zuvor ganz dezent aufgetragen. Da ich in meinem Job immer gut gekleidet sein musste, hatte ich mir an diesem Morgen einen Rock und eine schicke Bluse angezogen. Dazu passende Pumps und hautfarbene Nylonstrümpfe, die ich mir die Woche zuvor gekauft hatte.

Schon während der etwas unruhigen und ruppigen Fahrt zur Arbeit machte ich mir Gedanken darüber, was mich an diesem Tag dort wieder erwarten würde. Der ewige Streit mit meinem Vorgesetzten Heiko ließ mich nicht gerade auf einen tollen Tag hoffen. Um so mehr freute es mich, dass meine liebe Kollegin und Freundin Monique an diesem Tag wieder mit mir in der Filiale arbeitete. Sie hatte einen Teilzeitjob und war deshalb nur jeden zweiten Tag bei uns. Da wir uns seit vielen Jahren kannten und zusammen viel erlebt hatten, konnte ich sagen, dass wir beste Freundinnen waren.

An diesem Morgen war ich etwas früher an meinem Schreibtisch und versuchte noch, meinen Kaffee zu genießen, den ich mir kurz zuvor aufgesetzt hatte. Ich war verträumt und gedanklich völlig abwesend. Meinen Kopf stütze ich mit der linken Hand, während ich mit der rechten meine Kaffeetasse festhielt. Meine Augen waren geschlossen und ich genoss noch ein wenig die Ruhe vor dem großen Sturm.

Ganz in der Ferne hörte ich, wie jemand den Schüssel in das Schloss des Hintereingangs steckte. Das konnte ja nur einer meiner Kollegen sein und ich verblieb in der Stellung an meinem Schreibtisch sitzen. Über den langen Gang zur Schalterhalle waren die Schritte immer lauter zu hören und es kam mir so vor, als würde ich den Traum der letzten Nacht noch einmal träumen.

„Guten Morgen Janine", ertönte eine tiefe Stimme.

Ich zuckte zusammen und mein Blutdruck schoss in wenigen Sekunden in übelste Höhe. „Na, was hast du denn gestern Abend gemacht?", ertönte die tiefe Stimme erneut.

Schon an dem widerlichen Ausdruck hatte ich erkannt, dass es Jens war, der mich aus meinem Halbschlaf gerissen hatte. Ich drehte meinen Kopf ein wenig zur Seite und sagte ihm mit erster Miene:

„Es geht dich nicht im geringsten etwas an,

was ich gestern Abend gemacht habe, also sieh zu, dass du deine Arbeit machst und lass mich in Ruhe".

Mit meinen halb geöffneten Augen sah ich, wie Jens ganz hämisch lachte und sich mächtig über meinen Gemütszustand amüsierte. *Jens, der Kerl, der mit seinem Gel in den Haaren und den ewig feuchten Händen immer recht schleimig auf mich wirkte?*

Genau der! Warum machte gerade er sich lustig über mich?

Jens war nicht gerade das, was man einen Traumtypen nannte. Auch bei unserer Kundschaft war er nicht sonderlich beliebt, wobei ich mir die Frage stellte, woran das wohl lag?

Eigentlich war ich nicht so und hatte immer versucht, ein gutes Verhältnis zu meinen Kollegen zu pflegen. Doch dieser Tag schien alles andere als normal zu sein. Mal abgesehen davon, dass ich von Sonntag auf Montag eh immer schlecht geschlafen habe, war es diesmal anders. Ich verspürte eine gewisse Nervosität in mir, vielleicht auch, weil ich Hunde müde war.

Endlich war auch Monique eingetroffen, die wie jeden Tag, wenn sie mit uns arbeitete, bester Laune war. Ich hörte sie schon draußen auf dem Parkplatz, denn das Klacken ihrer Absätze und ihr unvergleichliches Lachen war nicht zu überhören. Nach wenigen Minuten kam auch sie über den langen Gang in Richtung unserer Schalterhalle, wo ich noch immer wie versteinert an meinem Schreibtisch saß.

„Hi Schnucki", rief Monique, die regelrecht auf mich zu stürmte. Mit schweren Beinen erhob ich mich von meinem Bürostuhl und wurde mit einer warmherzigen Umarmung begrüßt.
„Hast du einen Moment Zeit?", flüsterte mir Monique ins Ohr. „Klar, was ist los?", antwortete ich ganz gespannt. „Können wir gleich mal in den Besprechungsraum gehen?", fragte Monique, die ganz aufgeregt und völlig außer sich war.

Ohne das sie ihre Tasche abgestellt hatte, drehten wir uns wortlos um und gingen die drei Stufen hoch, um durch den Gang in den Raum zu gelangen, wo wir uns ungestört unterhalten konnten. Monique konnte sich gar nicht beruhigen und stammelte vor Aufregung mit den Füßen auf dem Boden.

„Ich habe gestern einen neuen Typen kennen gelernt", sagte Monique.

„Und?", fragte ich ganz neugierig nach.

„Er ist ein Traum, groß und kräftig gebaut."

Ich war über ihre Aussage doch etwas verwundert. „Du hast doch vor ein paar Wochen noch......", Monique unterbrach mich.

„Ich weiß was ich letztens noch gesagt habe, aber diesmal ist es der richtige", seufzte sie regelrecht.

In Monique´s Augen sah ich ein funkeln, wie ich es lange nicht mehr bei ihr gesehen hatte.

„Wo hast du ihn kennen gelernt?", fragte ich, während Monique sich ein wenig zu beruhigen schien.

„Er hat mich gestern im Park angesprochen".

„Im Park? Was machst du denn im Park?", fragte ich wiederum neugierig nach.

„Ich hatte Lust auf einen Spaziergang."

Plötzlich fuhren wir beide zusammen, als Heiko, unser Chef mit einem Schlag auf die Türklinke durch die Tür kam.

„Was habt ihr beide denn schon wieder zu tuscheln? Euer Kollege könnte ein wenig Unterstützung gebrauchen."

„Mann, wie ist der denn wieder gelaunt", sagte ich zu Monique und sah sie mit einem Grinsen an.

„Komm lass uns mal sehen, ob wir Jens helfen

können."

Mit erstauntem Blick gingen wir an Heiko vorbei, der mal wieder den Gesichtsausdruck eines unzufriedenen Ehemannes trug. Den hatte er meistens nach einem Telefonat mit seiner Frau. *War da schon wieder Stress gewesen?*
Ganz langsam und kichernd gingen wir den Gang entlang und ich sah, dass Jens mal wieder Stielaugen bekam, als wir die Treppe hinunter gingen. Sein Blick war auf unsere Beine gerichtet. Selbst sein Kunde drehte den Kopf zu uns herüber und ich konnte sehen, wie dem alten Mann der Atem stockte. Jens schaute wieder seinen Kunden an und erledigte mit einem wortlosen Grinsen die Dinge, um die ihn der Kunde gebeten hatte.
Die Filiale war gerade nicht von Kundschaft übersät, so dass wir uns erst einmal an unsere Schreibtische setzten. Meine Müdigkeit war auch so gut wie verschwunden und wir begannen nun, uns unseren Aufgaben zu widmen. Monique saß mir genau gegenüber und suchte immer wieder den Blickkontakt zu mir.

„Hast du heute Abend Zeit?", fragte mich Monique.
„Was hast du vor?", hakte ich nach.

„Wie ist es heute Abend mit einem leckeren Essen beim Italiener?", flüsterte mir Monique ganz leise zu, so dass Jens nichts mitbekam.

„Klar, können wir gerne machen. Ich wollte dir ja auch noch was erzählen."

„OK", antwortete Monique. „Wie immer um 19:00 Uhr bei Pietro?"

„Ja", antwortete ich und führte meinen Blick wieder zurück auf meinen Bildschirm.

Jens hatte derzeit auch keinen Kunden mehr und seine Ohren mal wieder ganz weit aufgesperrt. Deshalb mussten wir vorsichtig sein, was unsere Unterhaltung anbetraf. Er hatte einfach eine ganz widerliche Art an sich, die weder Monique noch mir gefiel. Es war nicht das ewige Starren auf unsere Beine, vielmehr sein ungepflegtes Wesen und seine Aufdringlichkeit, die uns missfiel.

Heiko hingegen war attraktiv, anscheinend aber seit langem mit jedem weiblichen Wesen auf Kriegsfuß.

Da nun in der Innenstadt auch die vielen Geschäfte geöffnet hatten, waren wir bemüht, den Andrang von Kunden abzuarbeiten. Dadurch verging die Zeit natürlich wie im Flug und ich hatte keine Möglichkeit mehr, mich mit Monique während der Arbeitszeit zu unterhalten.

Der lang ersehnte Feierabend war nun endlich eingekehrt und ich freute mich um so mehr auf den Abend mit meiner Freundin. Da wir uns tagsüber kaum austauschen konnten, hoffte ich, am Abend meine Sorge ansprechen zu können. Zuhause wollte ich erst einmal ein ausgiebiges Bad nehmen, weil ja eigentlich noch genügend Zeit dazu war. Da ich aber immer noch in der Stadt im Stau stand, vertrieb ich mir die Zeit erst einmal mit einer guten CD, die ich im Auto eingelegt hatte. Das lenkte mich ein wenig davon ab, dass meine Füße von dem langen Stehen ohne Ende weh taten. Ich hoffte, dass das Bad mich entspannt und mir für diesen Abend neue Kraft geben würde.

Endlich hatte ich es geschafft und stand nun in der Hofeinfahrt vor dem Haus, in dem ich eine Eigentumswohnung besaß. Den Motor hatte ich ausgeschaltet und die Handbremse angezogen. Ich atmete noch einmal tief durch, weil mir die Bilder aus meinem Traum der letzten Nacht nicht mehr aus dem Kopf gingen. Ich öffnete die Tür meines Wagens und versuchte meine doch recht wackeligen Beine auf den Boden zu setzen. Das ging recht gut und ich war froh, dass ich endlich meine hochhackigen Schuhe aus bekam. Es waren nur wenige Meter bis zum Hauseingang und ich suchte in meiner Tasche nach dem Schlüssel für die Haustür. *Gefunden!*

Das Schloss ließ sich recht leicht schließen und meine Wohnung war nun in erreichbarer Nähe. Ich wohnte im ersten Stock und brauchte nur noch ein paar Treppen nach oben. Mit meinen fünfundvierzig Jahren wohnte ich allein, nachdem mich mein Ehemann vor einigen Jahren verlassen hatte. Beim öffnen der Wohnungstür wusste ich also, dass niemand außer meinem Kater auf mich wartete. Ich betätigte den Lichtschalter, der sich gleich rechts befand, nachdem ich die Tür geöffnet hatte. Mein Kater kam mir gleich entgegen und fordert wie immer seine Streicheleinheiten. Meine Tasche stellte ich unter die Garderobe und ging gleich weiter ins Wohnzimmer, wo ich regelrecht in meinen Sessel fiel. Ich streifte mir meine Pumps von den Füßen und merkte, wie mir ein leicht verschwitzter aber auch süßlicher Geruch meiner Füße entgegen kam. Den ganzen Tag in diesen Schuhen, ich fand den Geruch normal wenn man bedenkt, wie lange ich meine Schuhe täglich trug.

Ich atmete tief durch und verblieb noch für einige Minuten in der Stellung, während ich meinem Kater seine Streicheleinheiten gab.

Es war angenehm so zu liegen und für meine Füße eine Wohltat, Schuh frei zu sein. Aber es nützt nichts, ich musste mich ins Bad begeben, um mir mein Badewasser einzulassen, da ich schon in einer Stunde beim Italiener sein musste. Es fiel mir unheimlich schwer vom Sessel aufzustehen, ja, ich musste mich regelrecht dazu zwingen. Langsam bewegte ich mich in Richtung Bad, wo ich nun vorm Spiegel stand. Ich sah eine sehr attraktive Frau, die mir recht müde erschien. *Sollte ich wirklich ein Bad nehmen?*
Mir war das in der kurzen Zeit viel zu viel Aufwand und ich beschloss, meine Freundin anzurufen um sie zu fragen, ob wir uns schon früher treffen könnten. Ich holte mein Handy aus meiner Tasche, die ja im Flur unter der Garderobe stand. Nach wenigen Schritten war ich auch wieder auf meinem heiß geliebten Sessel, wo ich alle vier von mir streckte und Monique´s Nummer wählte.

„Hi Süße, ich bin es, Janine", hauchte ich ins Telefon. „Hi Schnucki, was ist los?"
„Können wir uns jetzt schon treffen?"
„Warum?", fragte Monique ganz erstaunt.
„Erzähl ich dir später. Geht es?"
„Klar, dann mache ich mich jetzt gleich los."
„Danke Süße, ich bin auch gleich unterwegs.

Bis gleich."

„OK, bis gleich", antwortete mir Monique und legte auf.

Ich drückte ebenfalls die „Beenden" Taste auf meinem Handy und schloss für einen Moment meine Augen. Plötzlich zuckte ich zusammen, weil ich wieder die Bilder der letzten Nacht vor mir sah. Nun wurde es aber Zeit, dass ich mich los machte. Ich stieg wieder ganz elegant in meine Pumps, nahm meine Handtasche, wo ich noch mein Handy einsteckte und machte mich auf den Weg.

Zum Glück war der Italiener gleich bei mir um die Ecke, so dass ich nicht weit fahren musste. Monique war auch gerade gekommen, hatte schon einen Parkplatz gefunden. Zwei Parkplätze neben ihr fuhr gerade jemand heraus, so dass ich mein Auto auch dort abstellen konnte. Monique stand bereits vor ihrem Auto und wartete das ich ausstieg.

„Hi Schnucki", begrüßte sie mich wieder und war wie immer bester Laune.

„Hi Süße." antwortete ich ihr in dem Moment, als sie mir wieder um den Hals fiel und mich wie wild drückte.

„Schön das du früher kommen konntest."

„Kein Problem", sagte Monique und ließ mich

kaum wieder los.

„Komm lass uns rein gehen, mir ist kalt",

sagte ich zu meiner Freundin, die sich bereits in meinen rechten Arm eingehakt hatte. So gingen wir beide wortlos zum Eingang der Pizzeria. Mir war nicht gerade nach Fröhlichkeit, aber Monique hatte ein Strahlen im Gesicht, wie ich es nicht all zu oft bei ihr gesehen hatte. Ich wollte ihr auch den Abend mit meiner Bedrücktheit nicht verderben und versuchte, es so gut es ging zu verdrängen. Monique hielt mir die Tür zur Pizzeria auf und ich ging vor in das noch recht leere Lokal.

„Guten Abend die Damen", rief Pietro, der Besitzer des Lokals.
„Guten Abend Pietro", sagten wir beide fast gleichzeitig und sahen dem freundlichen Italiener ins Gesicht.
„Sie sehen heute aber wieder bezaubernd aus."
„Vielen Dank."
„Haben sie einen gemütlichen Tisch für uns?", fragte ich Pietro.
„Kommen sie bitte mit, ich habe hier einen sehr schönen Platz für Sie."

Ich fühlte mich schon geschmeichelt über Pietro´s nette Worte, die durch seinen italienischen Akzent mir regelrecht ans Herz gingen. Pietro zog die Stühle vom Tisch, so dass wir beide dort Platz nehmen konnten. Nun saß ich meiner Freundin direkt gegenüber und hoffte, dass wir uns jetzt ungestört unterhalten konnten.

„Darf ich den Damen schon mal etwas zu trinken bringen?"
„Trinken wir einen Rotwein?", fragte ich Monique.
„Ja gerne."
„OK, dann bringen sie uns bitte zwei Rotwein."

Während Pietro unseren Wein holte, schaute ich mich ein wenig im Lokal um und überlegte, wie ich Monique meine Bedrücktheit erklären sollte.

„Gestern habe ich ja den Typen kennen gelernt", fing Monique auf einmal an zu schwärmen.
„Wie kam es denn, dass er dich angesprochen hat?"
„Keine Ahnung, ich bin ein wenig durch den Park geschlendert und da stand er auf einmal vor mir."
„Und was hat er gesagt?"
„Das er mich schon des öfteren gesehen hätte

und das er mich sehr attraktiv findet."

Pietro servierte uns derweil unseren Rotwein und legte dabei die Speisekarten direkt vor uns auf den Tisch.

„Zum Wohl die Damen."

Pietro wand sich von uns ab, um noch weitere Gäste, die gerade gekommen waren, zu begrüßen. Ich stieß derweil mit Monique auf einen schönen Abend an. Sie redete ununterbrochen von ihrem Typen, so dass ich eigentlich kaum zu Wort kam. Sie schien richtig verschossen in den Kerl zu sein, was ich ihr natürlich gegönnt hatte.
Mittlerweile hatte Pietro auch die Bestellung für unser Essen aufgenommen und ich bemerkte, wie zwei Gäste, die uns schräg gegenüber saßen, laufend zu uns rüber gafften. Das hatte mir auch noch gefehlt, dass die Typen sich einbildeten, uns anbaggern zu können. Dazu war meine Gemütslage im Moment zu angespannt. Monique hatte mittlerweile auch bemerkt, dass ich ihr gar nicht mehr richtig zuhörte und ein wenig abwesend war.

„Was ist los mit dir?", fragte sie mich jetzt doch

etwas besorgt.

„Können wir gehen?"

„Gehen? Warum?", fragte Monique nach und machte auf mich einen unruhigen Eindruck.

„Ich kann die Blicke der beiden Typen da drüben nicht ertragen. Ich will hier weg!"

Nun hatte auch meine Freundin erkannt, dass mich irgendetwas bedrückte und sprintete hinter mir her, nachdem ich aufgesprungen war, meine Handtasche genommen hatte und in Richtung Ausgang geflitzt war. Pietro rief noch hinter uns her, was denn mit unserem Essen sei. Mir war es in dem Moment völlig egal und ich wollte einfach nur nachhause. So rannte ich die paar Stufen am Eingang hinunter zu meinem Auto und versuchte mit meinen zittrigen Händen die Autotür zu öffnen.

„Janineee", rief Monique und stand im nächsten Moment auch schon hinter mir.

Mein Herz schlug ungemein schnell und ich bekam kaum Luft. Ich versuchte tief durch zu atmen um mich ein bisschen zu beruhigen.

„Was ist los mit dir?" schrie mich Monique an.

„Warte einen Moment, warte, gleich."

Ich spürte, dass mein Herz anfing, wieder langsamer zu schlagen.

„Komm, ich bringe dich nachhause", versuchte mich Monique zu beruhigen.

Ich hatte Tränen im Gesicht und wusste gerade selbst nicht so richtig, was mit mir los war. Monique führte mich zu ihrem Auto, ohne nur ein Wort zu sagen. Sie öffnete mir die Beifahrertür und ließ mich ganz behütet in ihr Auto steigen, bevor sie die Tür von außen verschloss. In großen Schritten eilte sie um ihr Auto herum, stieg ein und startete den Motor. Mit großen Augen schaute sie immer wieder zu mir herüber, als sie krampfhaft versuchte, den Rückwärtsgang einzulegen. Es schien mir, als hätte ich ihr Angst gemacht.
Das zittern meiner Hände war so gut wie weg, aber Monique hatte es die Sprache verschlagen.

Ohne einen Ton zu sagen fuhren wir die kurze Strecke zu mir nachhause und standen bereits nach wenigen Minuten bei mir in der Einfahrt. Monique hatte ein Taschentuch aus ihrer Tasche gekramt und war dabei, mir meine Tränen abzutupfen.
Ich hatte mich auf der Heimfahrt ein wenig

erholt, während Monique mir immer nervöser geworden zu sein schien. *War ja kein Wunder nach der Aktion!*

„Komm, ich bringe dich nach oben", sagte Monique und half mir aus ihrem Wagen.

„Du legst dich jetzt ein wenig hin und dann erzählst du mir erst einmal, was überhaupt los ist."

Wieder hatte sich Monique mit ihrem linken Arm bei mir eingehakt und begleitete mich durch das Treppenhaus in meine Wohnung.

„Komm, setz dich."
„Danke", seufzte ich und legte mich auf meinen über alles geliebten Sessel.

Monique zog mir meine schwarzen Pumps aus, was für mich zusätzlich für ein wenig Entspannung sorgte.

„Soll ich dir was zu trinken holen?", fragte Monique etwas besorgt, drehte sich herum und ging in die Küche.
„Ein Glas Wasser wäre nicht schlecht. Nein lass. In dem Weinfach im Vorratsschrank liegt noch Rotwein. Gläser sind im Schrank", rief

ich Monique hinterher.

„Findest du das eine gute Idee?"

„Nun hol schon."

In der Küche öffnete Monique derweil den Wein, während ich im Sessel lag, die Augen geschlossen hatte und immer noch nicht wusste, wie ich ihr das erklären sollte.

Mit zwei gut gefüllten Gläsern kam sie aus der Küche zurück, stellte die Gläser auf den Tisch und setzte sich auf meine Couch. Sie beugte sich zu ihren Füßen, öffnete ihre Riemchen Sandalen und streifte sich ihre Schuhe von ihren Füßen. Ihre Beine legte sie hoch, schaute mich an und sagte:

„Lass uns erst einmal anstoßen und dann erzählst du mir, was überhaupt los ist."

„OK, Prost." Ich nahm einen großen Schluck aus meinem Rotweinglas in der guten Hoffnung, dass der Alkohol mich ein wenig entspannen würde.

Nach ein paar Minuten hatte ich mich wieder beruhigt und war froh darüber, dass Monique an meiner Seite war. Sie hatte immer noch einen recht angespannten Gesichtsausdruck, was mich nicht verwunderte. Ich lag in einer entspannten Position in meinem Sessel, hielt

mein Rotweinglas in der Hand und begann
Monique von den Geschehnissen zu erzählen.

„Am Sonntag hatte ich eine Mail bekommen,
die mich recht beunruhigte. Letzte Nacht habe
ich von dem geträumt, was in der Mail stand."
„Von wem war die Mail?", unterbrach mich
Monique.
„Den Namen weiß ich nicht, keine Ahnung,
wer das ist."
„Was stand denn im Absender?, hakte Monique
erneut nach.
„Da stand Mr. Anonymous."
„Ach das ist bestimmt irgendein Spinner",
konterte Monique und versuchte mich zu
beruhigen.
„Ja und was wollte er nun von dir?"
„Er hat geschrieben, das er sich gerade
vorstellt, wie er meine Füße verwöhnt und sich
an jedem Teil meines Körpers vergeht."

Wieder brach ich in Tränen aus, weil er das so
spezifisch geschildert hatte, als würde er meine
Wohnung kennen.

„Und was hast du letzte Nacht geträumt?"

Mit meiner rechten Hand wischte ich mir meine
Tränen mit dem Taschentuch ab, das mir

Monique   gereicht hatte und fing an zu erzählen:

„Ich lag auf meinem Sessel, so wie ich es immer tue, wenn ich abends zuhause bin. Plötzlich stand er vor mir, meine Hände waren an den Seiten des Sessels fest gebunden. Ich hatte genau wie heute Rock, Bluse, Strümpfe und meine Pumps an."

„Erzähl weiter."

„Sein Gesicht konnte ich nicht erkennen, das war einfach nur schwarz. Er fing an, mir meine Schuhe auszuziehen, roch an ihnen. Ich konnte mich nicht bewegen, lag wie steif in meinem Sessel."

„Was ist dann passiert?"

„Nun fing er an, meine bestrumpften Füße zu massieren und er roch ausgiebig an ihnen."

„Und weiter?"

„Er sagte, dass er sich das   immer schon gewünscht habe, mich in einer solch wehrlosen Position vor sich zu haben.
Ich spürte seine Hände an meinem ganzen Körper, während ich wie versteinert dort lag. Er fing ganz laut an zu lachen und ich versuchte mich mit meinen Beinen irgendwie zu wehren, aber es ging nicht. Sein Lachen wurde immer lauter, bis ich schweißgebadet in meinem Bett hochgeschreckt bin."

„Oh je, ich kann mir vorstellen, wie es dir danach gegangen ist. Da bekommt man kein Auge mehr zu."

„Ich habe immer wieder die Bilder vor mir, wenn ich meine Augen schließe, weil es so real war."

„Soll ich heute Nacht hier bei dir schlafen? Vielleicht beruhigt dich das etwas, wenn du weißt, das jemand da ist."

„Das wäre super. Holst du uns noch ein Glas Wein?"

Endlich war es heraus und von mir fiel eine riesige Last. Mich beunruhigte diese Anonymität. Schließlich konnte es jeder sein. Mein Nachbar, ein Kollege, ein Kunde oder auch sonst wer. Das anstarren der beiden Typen beim Italiener hatte mich völlig verrückt gemacht. Auch sie könnten die Absender der Mail gewesen sein.

Monique hatte unsere Gläser wieder gefüllt und wir stießen nun etwas entspannter an als vorher. Dadurch ich meinen Tränen freien Lauf ließ, hatte sich auch mein Gemütszustand erheblich verbessert und der Alkohol zeigte auch so langsam seine Wirkung. Ich wurde müde, ebenso wie Monique. Fast gleichzeitig stellten wir unsere Gläser auf den Tisch. Monique hatte ihre Beine lang gemacht und wir verzichteten darauf, uns nur einen Meter zu bewegen, um uns auszuziehen. So verbrachte ich die Nacht in meiner Lieblingsstellung auf meinem Sessel und Monique auf der Couch.

Am nächsten Morgen wachte ich mit einem steifen Hals auf. Mir tat alles weh, da wäre das Bett doch die bessere Lösung gewesen. Die Nacht über hatte ich etwas unruhig geschlafen, aber dennoch bedeutend besser, als die Nacht zuvor. Monique schlief noch tief und fest. Es war gerade mal 6:00 Uhr und ich sehnte mich nach einer Dusche. Das ich mal eine Nacht in Klamotten geschlafen hatte, war doch schon einige Jahre her. Ich quälte mich aus meinem Sessel und ging auf Zehenspitzen ins Bad, um Monique nicht zu wecken.
Die Gedanken an den scheußlichen Traum hatte ich im Moment verdrängt. *Das Gespräch mit meiner Freundin gestern tat mir sehr gut, aber wird es das gewesen sein, oder wird er sich wieder melden?*

Diese Gedanken schossen mir durch den Kopf, während das Wasser unter der Dusche ausgiebig über meinen Körper lief. Ich legte meinem Kopf zurück und genoss den Wasserstrahl, der mir in mein Gesicht prasselte. Immer wieder versuchte ich mir die Tränen des letzten Abends aus dem Gesicht zu wischen. Meinen Körper hatte ich ausgiebig eingeseift und es kam mir so vor, als wenn ich mir nach dem Traum der vorletzten Nacht die Stellen meines Körpers besonders reinigen musste, wo er mich in meinem Traum berührt hatte.

Ich dachte darüber nach, warum es Männer gibt, die auf die Füße einer Frau abfahren. Die Vorstellung machte mir schon wieder ein bisschen Angst. Doch das es so etwas geben sollte, hatte ich schon oft genug gehört, aber das es auf einmal mich traf?

Mit meinem großen Badehandtuch rieb ich jede Stelle meines Körpers trocken. Es war ein gutes Gefühl, das ich seit Tagen nicht mehr hatte. Mein Haar bürstete ich ausgiebig und band es wieder zu einem Zopf zusammen. An der Badezimmertür hing mein Bademantel, den ich mir während ich ins Wohnzimmer ging, überzog und zugebunden hatte. Für mich war es kein Problem, wenn Monique mich nackt sah. Schließlich waren wir schon mehrmals zusammen in der Sauna gewesen.

An meiner Couch vorbei setzte ich mich erst einmal wieder in meinen Sessel. Monique war bereits auch wach geworden und hatte schon mal mit einem Auge geblinzelt. Sie lag eingekuschelt unter der etwas zu kurzen Decke und ich sah, das ihre bestrumpften Füße am

Ende der Decke etwas heraus schauten. Auch sie hatte sich ihre Kleidung nicht mehr ausgezogen.

„Guten Morgen", hauchte es ganz sanft aus Monique´s Mund.
„Hast du gut geschlafen", fragte ich, während Monique sich aufrichtete.
„Danke, ganz gut. Und du?"
„Geht so, das Bett wäre sicherlich bequemer gewesen."

Monique gähnte und rieb sich während dessen den Schlaf aus den Augen.

„Soll ich uns einen Kaffee machen?", fragte ich nach.
„Das wäre super", antwortete Monique, stand auf und ging ins Bad.

Ich stand aus meinem Sessel auf, um uns in der Küche den Kaffee aufzusetzen. Die Kaffeedose war auch schon wieder fast leer und es wurde Zeit, dass ich einkaufen ging. Aber für diesen Morgen reichte es noch. Schnell hatte ich die Kaffeemaschine befüllt und der Duft von frischem Kaffee ließ mich an dem Morgen auf einen tollen Tag hoffen. *Hatte ich gestern vielleicht auch ein wenig überreagiert?*

Aus dem Bad hörte ich, dass Monique ebenfalls unter der Dusche stand. Sie hatte an dem Tag frei, aber ich musste eigentlich in einer guten Stunde in der Filiale sein. Aber irgendwie fehlte mir die Lust zum arbeiten und ich wollte viel lieber den Tag mit meiner Freundin verbringen. Den schmierigen Jens und den ewig schlecht gelaunten Heiko konnte ich an dem Tag nicht ertragen und so beschloss ich, zeitig bei Heiko anzurufen, um mich für einen Tag krankzumelden.

„Welches Handtuch kann ich nehmen?", rief Monique aus dem Bad.
„Im Schrank liegen frische Badetücher, nimm dir was du brauchst."

Während der Kaffee durchlief nahm ich mir in der Küche meinen Laptop um meine Mails zu checken. Das mache ich immer zweimal täglich, morgens und abends. Den Startknopf hatte ich bereits gedrückt und während der Laptop hochfuhr, holte ich schon einmal zwei Kaffeetassen aus dem Schrank, die ich neben die Kaffeemaschine stellte. Nun gab ich das Passwort ein und wartete, bis ich die Internetverbindung herstellen konnte. Mit einem Klick war ich auf der Website, wo ich meinen Mailaccount öffnete. Da ich mein

Passwort auf der Website gespeichert hatte, brauchte ich nur noch auf Login zu drücken.

Weil das einloggen ein paar Sekunden dauerte, wand ich mich vom Laptop ab und goss uns erst einmal den Kaffee ein. Ich konnte es nicht lassen, mich immer wieder umzudrehen, während ich den Kaffee eingoss. Eigentlich wartete ich auf die Antwort meiner Freundin aus Berlin, aber andererseits stellte ich mir auch die Frage, ob sich der mysteriöse Mann wieder gemeldet hat. Ich hatte sechs neue Mails, unter anderem auch von diesem Mr. Anonymous. Das ließ mich schon wieder ein bisschen erschrecken und ich ging sogar einen Schritt zurück. In dem Moment kam Monique in die Küche, die nur mit einem Badetuch bekleidet war.

„Was ist los?", fragte sie besorgt, weil ich wieder diesen angespannten Gesichtsausdruck hatte.

„Er hat wieder geschrieben."

„Wer?", fragte Monique ganz entsetzt.

„Na dieser komische Kerl, dieser Mr. Anonymous."

Monique stand hinter mir und hatte ihre rechte Hand auf meine Schulter gelegt.

„Warum öffnest du sie nicht?"

„Soll ich?"

„Öffne sie, so schlimm wird es schon nicht sein."

Also öffnete ich die Mail in der guten Hoffnung, das meine Freundin Recht hatte.

Von: Mr. Anonymous

Betreff: Ich habe nichts von dir gehört

Datum: 25.September 2017, 21:08 Uhr

An: Janine Baumbach

Warum hast du dich nicht bei mir gemeldet?
Ich habe sehnsüchtig auf deine Antwort gewartet. Würde es dir nicht gefallen, mir so wehrlos ausgeliefert zu sein. Ich sehne mich danach dir zuerst deine Schuhe und dann deine Strümpfe auszuziehen, um mich danach ganz intensiv um deine Füße zu kümmern. Ich weiß doch, dass dir das gefallen würde. Denk mal darüber nach, ich würde mich sehr darüber freuen, dich mal zu besuchen.

Dein Mr. Anonymous

Mir verschlug es wieder mal die Sprache. Auch Monique war ein wenig entsetzt, versuchte aber das Ganze ins lächerliche zu ziehen.

„Lösche den Quatsch und lass uns unseren Kaffee trinken", sagte Monique, griff sich ihren Kaffee und ging ins Wohnzimmer.

Ich klappte einfach nur den Bildschirm vom Laptop ein, griff ebenfalls meine Tasse und ging in großen Schritten hinter ihr her.

„Was ist los?", fragte ich Monique.
„Ich kann mir denken, was das für ein Typ ist. Einer, der den ganzen Tag vorm PC sitzt und nach irgendwelchen Frauen Ausschau hält, um diese zu belästigen. Steht er einer Frau gegenüber, kriegt er die Zähne wahrscheinlich nicht auseinander. Diese Typen kenne ich nur zu gut."

Monique schien mir ein wenig aufgebracht. *Hatte es sie auch irgendwie berührt, was in der Mail stand?*
Mich machte der Gedanke nervös, dass der Kerl ja wissen konnte, wo ich wohne. Er könnte mir ja irgendwann nachgefahren sein, ohne das ich es bemerkt hatte.
Ich schlürfte weiter an meinem Kaffee und

schaute von meinem Sessel aus zu meiner Freundin, die doch etwas nachdenklich mit angewinkelten Beinen im Badehandtuch auf meiner Couch hockte.

„Alles OK?", fragte ich sie.
„Mich hat es jetzt schon ein wenig berührt. Ich mache mir Sorgen um dich."
„Weißt du was", sagte ich, „ich markiere seine Mail mit Spam und so wandert alles gleich in den Müll. Der kann mich mal!"
„Das ist eine gute Idee", fügte Monique hinzu.
„Das ist die richtige Einstellung."

Monique hatte ihren Kaffee ausgetrunken, ging ins Bad um sich anzuziehen und ein wenig herzurichten. In der Küche stand mein Laptop, den ich mir schnell ins Wohnzimmer geholt hatte. Ich saß in meinem Sessel, klappte den Laptop wieder auf um mir meine anderen Mails anzusehen. Eine Nachricht von meiner Freundin aus Berlin war immer noch nicht dabei. Alles andere gehörte eigentlich auch nur in den Müll, nichts als Werbung.
Aus Neugier öffnete ich noch mal die Mail von diesem Idioten und las sie mir noch einmal durch. Hin und wieder hatte ich schon von Fußfetischen gehört. Eigentlich sollten die ja ganz harmlos sein. *Machte sich hier vielleicht*

jemand einfach nur einen Spaß mit mir?
Monique war immer noch im Bad zu Gange und ich spielte mit dem Gedanken, doch auf die Mail zu antworten. Wenn ich nicht darauf reagierte, verlor er ja vielleicht auch das Interesse an mir. Aber irgendwie interessierte es mich schon, wer dahinter steckte. Also antwortete ich einfach mal.

Von: Janine Baumbach

Betreff: Was bist Du denn für einer?

Datum: 26. September 2017 , 7:58 Uhr

An: Mr. Anonymous

Hi, ich bin ganz erstaunt über deine Ausführungen. Warum möchtest du ausgerechnet meine Füße verwöhnen?

Liebe Grüße an dich Du Feti

So, jetzt musste ich nur noch auf senden drücken und die Mail war unterwegs. *Fertig!* In diesem Moment kam auch Monique aus dem Bad.

„Was machst du?", fragte Monique.

„Ich habe nur mal den Schrott gelöscht."

„Wann musst du heute eigentlich arbeiten?"

„Oh Scheiße, ich habe vergessen Heiko anzurufen um mich für heute krankzumelden."

„Krankmelden?", fragte Monique ganz entsetzt.

Ich eilte zum Telefon um so schnell wie möglich das Telefonat mit Heiko hinter mich zu bringen. Eigentlich müsste ich längst an der Arbeit gewesen sein. Die Nummer hatte ich eingespeichert, was mir das Wählen ersparte. Es klingelte und ich hatte den Lautsprecher eingeschaltet, so dass Monique das Gespräch mithören konnte. Es meldete sich Jens, der wohl als erstes in der Filiale war.

„Guten Morgen Jens, hier ist Janine. Ist Heiko schon da?"

„Nein, ich bin im Moment noch alleine."

„Kannst du ihm ausrichten, dass ich krank bin und heute einen Tag zuhause bleibe."

„OK, mache ich. Ich wünsche dir gute Besserung."

„Danke Jens, bis morgen."

Ich beendete das Gespräch und war verwundert, dass Jens nicht auch schon wieder einen dummen Spruch machte. Er ging ja mit seinen Sprüchen Heiko nicht viel aus dem Weg. Aber irgendwie war das seltsam.

„Warum hast du dich krankgemeldet?", fragte mich Monique.
„Irgendwie habe ich heute keine Lust zum arbeiten. Ich würde den Tag gerne mit dir verbringen."
„Worauf hast du Lust?", fragte Monique mit einem Lächeln im Gesicht nach.
„Vielleicht gehen wir ein wenig Shoppen und schauen uns mal nach ein paar Kerlen um."
„Was ist den mit dir auf einmal los? Gestern bist du noch vor den Blicken der Männer im Restaurant geflüchtet und heute willst du auf Männerjagd gehen? Das musst du mir jetzt aber genauer näher erklären."
„Ich ziehe mich jetzt an und dann fahren wir erst einmal ganz in Ruhe frühstücken."

Ohne das ich mich zurecht gemacht hatte, ging ich nicht aus dem Haus. Aus meinem Schlafzimmer holte ich mir frische Klamotten, die fast die selben waren wie gestern. Im Bad machte ich mir noch ein wenig Schminke ins Gesicht, fertig. An dem Morgen ging das ungemein schnell und ich bekam nun auch riesigen Hunger.

„Komm, lass uns los", trieb ich Monique, während sie versuchte im laufen ihre Schuhe anzuziehen.

„Warum hast du es auf einmal so eilig?", fragte Monique.

„Komm, ich habe eine Idee."

Ich öffnete die Tür meiner Wohnung, ließ Monique vorbei, die gerade noch beim herausgehen ihre Handtasche schnappte. Langsam zog ich die Wohnungstür hinter mir zu und verschloss sie anschließend. Wir gingen die Treppe hinunter und das Klacken meiner Absätze schallte durch das ganze Treppenhaus. Mit einem freundlichen

„Guten Morgen die Damen",
wurden wir von unserem Hausmeister begrüßt, der wie immer seinen grauen Kittel und seinen Opa Hut trug. Er stand in der Haustür und hielt sie uns auf, so dass wir unbeschwert durchgehen konnten.

„Wie geht es ihnen Frau Baumbach?"
„Ja, ganz gut."
„Und ihnen Herr Kalinski?"
„Kann mich nicht beschweren. Ich wünsche ihnen noch einen schönen Tag Frau Baumbach."

„Danke Herr Kalinski?"

Monique wollte vorher gerne noch nachhause um sich umzuziehen. So fuhren wir mit ihrem Auto zunächst erst mal zu ihr. Meinen Wagen wollten wir später holen, nachdem wir unseren freien Tag genossen hatten. Zu ihr waren es nur etwa zehn Minuten zu fahren und ich hatte nicht einmal ein schlechtes Gewissen, weil ich den Tag blau gemacht hatte. Jens und Heiko konnten mir gestohlen bleiben, aber nach ein paar Männern wollte ich schon Ausschau halten. Ein bisschen Flirten konnte doch nicht schaden.

Monique wohnte zur Miete in einer kleinen zwei Zimmer Wohnung unweit der Innenstadt. Ihre Wohnung war recht modern eingerichtet, hatte eine Leseecke, wo sie gern an einem ruhigen Abend ein gutes Buch las. In ihrer Wohnung hatten wir schon sehr oft schöne Abende gemeinsam verbracht.

Mittlerweile standen wir im Parkdeck, das sich unter dem Haus befand. Auf der Fahrt dort hin hatten wir viel gelacht und dieser Mr. Anonymous hatte uns in keiner einzigen Minute begleitet. Endlich waren wir wieder so, wie wir vor der ominösen Mail waren, lustig, fröhlich und immer für einen Scherz zu haben.

Das Parkdeck war nicht sonderlich groß und

somit überschaubar. Mit einem Schlüssel kamen wir in den Fahrstuhl, mit dem wir direkt ins Treppenhaus bis vor Monique´s Haustür fuhren. Auch hier schallte das Klacken meiner Absätze durch´s ganze Treppenhaus. Es waren nur wenige Meter bis zu Monique´s Haustür. Das ewig klemmende Schloss sollte längst ausgetauscht sein und Monique geriet beim aufschließen ein wenig in Rage.

„Dieses scheiß Schloss", fluchte Monique. „Ich weiß nicht wie das bei dir ist, aber hier bekommt der Hausmeister überhaupt nichts geregelt."
„Ich kann mich über unseren nicht beklagen, er ist immer sofort zur Stelle, wenn irgendetwas ist."
„Liegt wahrscheinlich daran, dass du eine Eigentumswohnung hast und der Hausmeister besser bezahlt wird", fügte Monique hinzu.

Monique streifte sich schon im Flur ihre Schuhe ab.

„Komm rein. Zieh bitte deine Schuhe aus, der Nachbar unter mir hat sich letztens erst wegen der Absätze beschwert. Auf dem Parkett mit Stöckelschuhen laufen macht unheimliche Geräusche da unten."

Ich kam Monique´s Forderung nach und zog meine Pumps schon im Flur aus.

„Du kannst dich ja ins Wohnzimmer setzen, ich ziehe mich nur mal eben um."

In Monique´s Leseecke sah ich, dass sie auf dem kleinen runden Tisch neben ihrem Sessel ein Buch verkehrt herum liegen hatte.

„Was ließt du gerade?" fragte ich.
„Ach, nur so ein Buch", antwortete sie mir recht kurz.
„Nichts besonderes."

Mit fixiertem Blick auf das Buch ging ich ein paar Schritte um zu sehen, wie der Buchtitel war. Ich nahm das Buch in die Hand und drehte es in die richtige Position. Auf dem Cover war eine Frau in Strumpfhosen abgebildet und das Buch hieß: „Die Frauen und ihr Nylon". Das verwunderte mich ein wenig, weil doch Mr. Anonymous gerade in seinen Mails davon schrieb!
Warum interessierte sich Monique auf einmal dafür?
Mit etwas verdutzten Blick schaute ich in dem Moment zur Tür, als Monique halb umgezogen in ihr Wohnzimmer kam.

„Was ist das hier für ein Buch?" fragte ich etwas besorgt nach.

„Ach, das habe ich schon seit über einem Jahr im Regal stehen. Das habe ich mir mal gekauft, aber nie angefangen darin zu lesen, bis vor einer Woche."

„Wovon handelt es?"

„Von einem Mann, der dem Nylon der Frauen verfallen ist. Recht interessant."

„Hmm!"

Ich legte das Buch wieder an seinen Platz zurück mit den Gedanken, warum Monique ausgerechnet jetzt solch ein Buch las. *Warum reagierte sie nur so kurz und abweisend?*

„Können wir los", rief Monique.

„Ja, klar."

Auf dem Weg in den Flur kamen mir den schlimmsten Gedanken. *Sollte vielleicht meine Freundin hinter dem Ganzen stecken und vor allem warum?*

Ich schlüpfte in meine Pumps, öffnete die Tür und ging schon mal vor. Monique schloss hastig ihre Wohnungstür ab und folgte mir zum Fahrstuhl.

Ich hatte bereits den Knopf am Fahrstuhl gedrückt, der schien aber ganz unten zu sein

und es dauerte einen Moment, bis er da war. Monique stand hinter mir und schien stumm geworden zu sein. *War ihr das mit dem Buch etwa peinlich?*
Die Tür vom Fahrstuhl ging auf und Monique quetschte sich regelrecht an mir vorbei um als erstes drin zu sein.

„Was ist los?", fragte ich sie und betrat den Fahrstuhl nach ihr.
„Nichts", antwortete Monique und war weiterhin stumm wie ein Stein.
„Geht es um das Buch?", fragte ich nach und schaute ihr dabei tief in die Augen.
Ich bekam keine Antwort von meiner Freundin und ich fragte mich, ob es überhaupt noch Sinn machte, mit ihr frühstücken zu gehen.

„Hallo, rede mit mir", forderte ich sie auf.
„OK, OK, es geht um das Buch. Eigentlich sollte es niemand sehen. Schließlich war es nicht geplant, dass wir zu mir fahren."

Monique war richtig in Rage geraten und ich glaubte, dass ich mit meiner Vermutung richtig lag. Es schien ihr wirklich peinlich gewesen zu sein.

„Was ist daran so schlimm? Es ist doch nur ein

Buch!"

„Kann ich dir das später erklären? Ich möchte jetzt einfach nur den Tag mit dir genießen."

„OK, dann lass uns heute Abend reden", bot ich meiner Freundin an.

Irgendwie war ich über Monique´s Verhalten ein wenig verwundert. Schließlich waren wir beste Freundinnen und da musste man sich auch über weniger angenehme Dinge unterhalten können.

Der Fahrstuhl stoppte und wir beide gingen in einem schnellen Gang zu Monique´s Auto. Von weitem öffnete sie bereits die Türen mit ihrer Fernbedienung. *Warum hatte es Monique auf einmal so eilig?*

Ich stand vor der Tür der Beifahrerseite, öffnete sie und stieg ganz behutsam ein. Monique hingegen war wie eine Furie in ihr Auto gestiegen, blickte hinter ihrem Lenkrad starr nach vorne und atmete erst einmal ganz tief durch. Sie drehte ihren Kopf zu mir herüber und fragte mich:

„Wo fahren wir überhaupt hin. Du hattest doch vorhin eine Idee."

„Ich wollte eigentlich mit dir zu dem Bäcker, der das große Frühstücksbuffet anbietet."

„Du meinst den in der Langen Straße?"

„Genau".

Monique legte den Rückwärtsgang ein, fuhr zuerst ganz behutsam aus der Parklücke, danach durch die Schranke, die sie zuvor mit ihrer Karte geöffnet hatte. Anscheinend war sie wieder ein wenig herunter gekommen. Mit so einer Laune kannte ich sie eigentlich gar nicht. Sie war eher ein fröhlicher Mensch. Aber ich dachte mir, dass das Gespräch am Abend Aufschluss über ihre schlechte Laune geben würde.

Der Verkehr war mittlerweile auch schon recht heftig, so dass es doch eine halbe Stunde dauerte, bis wir beim Bäcker angekommen waren. Monique hatte unterwegs keinen Ton gesagt, schien sich aber wieder etwas regeneriert zu haben. Sie nahm die erst beste Parklücke die sie bekommen konnte, drehte den Schlüssel herum und legte ihren Kopf auf das Lenkrad.

„Alles OK?", fragte ich.

Monique hob ihren Kopf, drehte ihn und schaute mich an.

„Es tut mir Leid, dass ich so schlecht gelaunt bin."

44

„Warum bist du......“, Monique unterbrach mich.

„Es hat mit dem Buch zu tun. Lass es mich dir heute Abend erklären. OK?“

Monique schien irgendetwas zu bedrücken und ich war gespannt auf das, was sie mir später erzählen würde. Sie zog den Schlüssel aus dem Zündschloss und wir stiegen fast gleichzeitig aus dem Wagen. Es waren nur ein paar Meter über den schlecht geschotterten Parkplatz zu laufen und wir mussten mit unseren Absatzschuhen aufpassen, dass wir nicht umknickten. Monique hatte sich wieder eingehakt und in ihrem Gesichtsausdruck fand sich auch wieder ein Lächeln. Das war meine Freundin, so wie ich sie kannte.

Ich hielt meiner Freundin die Tür auf und der Duft von frischen Backwaren empfing uns. Wie lange wollte ich schon immer mal wieder dort hin um einfach mal die Seele baumeln zu lassen. Andere fuhren dafür in den Urlaub oder gingen in ein Erlebnisbad, mir hingegen reichte ein ausgiebiges Frühstück und das Beobachten anderer Menschen am Morgen. Die Bedienung hatte uns gesagt, dass der ein oder andere Tisch reserviert sei, aber der Rest frei zu Verfügung stehen würde. In einer Ecke fanden wir einen schönen Platz, von wo wir den besten

Überblick über die Lokalität hatten. Nun war ich gespannt, wen ich dort an so einem frühen Morgen alles treffen würde.

Unseren Kaffee hatten wir bereits mitgenommen, so dass wir uns am Frühstücksbuffet umschauen wollten. Auf dem Weg dort hin rief jemand:

„Guten Morgen Frau Baumbach."

Wer hatte mich denn nun schon wieder entdeckt? Ich drehte mich herum um zu orten, woher der Zuruf kam. Etwas hinter mir stand ein Kunde aus der Bank, der sichtlich erfreut darüber war, mich zu treffen.

„Guten Morgen Herr Kleinke", antworte ich.
„Wie geht es ihnen Frau Baumbach? Ich habe sie lange nicht in der Bank gesehen."
„Mir geht es gut, und ihnen?"
„Ich kann mich nicht beklagen", antwortete Herr Kleinke.
„Lassen sie sich ihr Frühstück schmecken Frau Baumbach."
„Danke, sie sich auch", antwortete ich und sah mich nach weiteren leckeren Dingen auf dem Buffet um.

Monique hatte sich nur ein wenig Obst geholt

und dabei Herr Kleinke anscheinend gar nicht bemerkt. Ich hatte meinen Teller mit viel leckeren Sachen gefüllt und ging zu unserem Tisch zurück. Monique saß bereits, kaute ihr Obst und grinste mich dabei an.

„Warum grinst du so?" fragte ich erstaunt nach.
„Hast du Herr Kleinke gesehen, der sitzt da drüben."
„Ja, ich habe mich schon ein wenig am Buffet mit ihm unterhalten."
„Er kommt mir auch ein bisschen komisch vor."
„Warum?", fragte ich Monique.

Monique schaute etwas am Tisch vorbei und sah, dass ich meine Beine übereinander gelegt hatte. Mein Fuß spielte mit meinem Schuh.

„Schau mal ganz vorsichtig zu Herrn Kleinke", forderte mich Monique auf.

Ich sah, wie Herr Kleinke mit ganz starrem Blick unter unseren Tisch guckte. Zwar etwas unauffällig, aber man konnte erkennen, dass der Blick auf meine Füße fixiert war. Anscheinend hatte er Spaß am Zusehen, wie ich mit meinen Pumps spielte. Monique schaute mich mit ganz entspannten Blick an und grinste dabei wieder ein wenig.

„Wollen wir den mal ganz verrückt machen?", fragte mich Monique.
„Wie?", fragte ich neugierig nach.
„Schlüpfe mal ganz mit deinem Fuß aus deinem Schuh."

Monique beugte sich ein wenig nach vorn und streifte an ihrem linken Fuß das Riemchen ihres Schuhes ab. Mit einem kurzen Griff zog sie ihren Schuh aus und stellte ihren Fuß neben meinen.

„Lass uns unsere Zehen bewegen, du wirst sehen, dass er seinen Blick kaum abwenden wird", flüsterte mir Monique zu.

Ich wusste zwar nicht, was sie damit bezwecken wollte, aber ich folgte ihrer Anweisung.

„Siehst du, er schaut nur auf unsere Füße. Das ist auch so einer. Ich habe das schon vor langem erkannt, als er mal am Auszugsdrucker in der Bank stand und laufend unter deinen Schreibtisch geguckt hat."
„Herr Kleinke ist auch so einer? Was für einer?"

„Ein Fußfetischist", antwortete mir Monique
mit einem Grinsen im Gesicht.
„Komm, der hat genug gesehen. Lass uns
unsere Schuhe wieder anziehen"

Ich kam Monique´s Aufforderung wieder nach
und schlüpfte in meinen Schuh.

„Du glaubst gar nicht, wie viele es von denen
gibt, und nur die wenigsten geben es zu."
„Woher weißt du das alles?" fragte ich
Monique ganz entrüstet.
„Später, jetzt lass uns erst einmal frühstücken."

Während wir ganz gemütlich unser Frühstück
zu uns nahmen, erzählte mir Monique erst
einmal von ihrer neuen Bekanntschaft, die sie
vor ein paar Tagen im Park kennen gelernt
hatte. Sie schien mir richtig verschossen zu
sein, auch wenn sie ihn erst einmal gesehen
hatte.
Mir ging es aber nicht aus dem Kopf, warum
sie erst abends mit mir über das Buch und der
Tatsache sprechen wollte, warum sie sich in
dem Thema so gut auskannte. Vielleicht war ihr
das Thema auch ein wenig peinlich, auch wenn
wir beste Freundinnen waren.
Herr Kleinke verabschiedet sich auch schnell
nachdem er bemerkte, dass wir ihn mit seinen

Blicken unter unserem Tisch ertappt hatten. *Was war das für eine Welt!*

Aus Monique´s Handtasche hörte ich, wie ihr Handy immer lauter anfing zu klingeln. Hastig versuchte sie den Reißverschluss ihrer Tasche zu öffnen, um an ihr Handy zu kommen. *Warum war sie auf einmal so nervös?*

Mit einem gekonnten Griff holte sie ihr Handy aus der Tasche und strich gleichzeitig über die vorgegebene Fläche, um den Anruf entgegen zu nehmen. Mit einem etwas zögerlichen „Hallo" meldete sie sich und ihr Gesichtsausdruck wechselte in Sekunden von angespannt auf verliebt sein. Anscheinend war es ihre neue Bekanntschaft, denn bei so einem Strahlen im Gesicht lag die Vermutung nahe. Aus dem Gespräch heraus hörte ich, dass sie sich für diesen Nachmittag verabredeten. *Aber eigentlich wollten wir doch den Tag zusammen verbringen!*

Das Gespräch dauerte auch nur einen kurzen Moment und Monique ließ ihr Telefon wieder in ihrer Handtasche verschwinden.

„Sorry, aber wir müssen unseren Tag heute Nachmittag kurz unterbrechen."

„Warum?", fragte ich nach.

„Am Telefon war gerade der Typ aus dem Park. Er möchte sich heute Nachmittag mit mir treffen.

„Ist das OK für dich?"

„Eigentlich hatte ich vor gehabt, den ganzen Tag mit dir zu verbringen. Aber es ist OK",

antwortete ich Monique und nahm den letzten Schluck aus meiner Kaffeetasse.

Ich war schon ein wenig enttäuscht, aber warum sollte ich ihr das nicht gönnen.

„Aber heute Abend sehen wir uns wie abgemacht?", fragte ich schon mit etwas Bedenken.

„Nein nein, ich komme heute Abend zu dir und dann quatschen wir erst einmal ausgiebig."

„Können wir los?", fragte mich Monique.

Warum hatte sie es auf einmal so eilig?

Monique war schon vorgegangen und bezahlte derweil das gesamte Frühstück, während ich noch mein Handy einsteckte und nachsah, ob ich meinen Autoschlüssel dabei hatte.

„Nun komm schon", feuerte mich Monique an.

„Ich fahre dich jetzt zu deinem Auto und dann muss ich mich schnell fertig machen."

„Du hast doch noch genügend Zeit, warum hetzt du so?"

„Ich will mich für Andreas besonders schick

machen.“

In Windeseile fuhr mich Monique zu meinem Auto quer durch die Stadt. Mein Auto stand wie gestern immer noch an seinem Platz. Gott sei Dank, hier soll immer schon mal der ein oder andere Wagen geklaut worden sein.
Mit einem kurzen Drücken verabschiedete sich Monique von mir, was aber eher einem Rausschmiss gleichkam.

„Bis heute Abend.“
„Ja, bis heute Abend. Wann kommst du denn?“, fragte ich noch kurz nach.
„So gegen 19:00 Uhr. Ist das OK?“
„Ja, ist OK.“

Ich schloss die Beifahrertür von Monique´s Wagen und so fuhr sie mit quietschenden Reifen in Richtung Heimat. Eigentlich hatte ich mir den Tag mit ihr ganz anders vorgestellt.
Es war noch nicht einmal Mittag und ich fragte mich, warum ich überhaupt blaugemacht hatte.
Ich setzte mich erst einmal in mein Auto und überlegte, was ich nun unternehmen könne. Mich allein Zuhause hinzuhocken hatte ich keine Lust, aber alleine durch die Innenstadt zu schlendern, gäbe mir auch nicht wirklich was. Also beschloss ich nachhause zu fahren um mir

meine Sachen für die Sauna zu holen. Dort wollte ich ein paar Stunden entspannen, bis Monique mich abends besuchen kam.

Zuhause angekommen lief mir auch wieder unser Hausmeister über den Weg. Herr Kalinski hatte immer einen Scherz auf Lager und wusste, wie er mich zum Lachen bringen konnte.
Meine Tasche für die Sauna hatte ich ganz fix gepackt, so dass ich recht schnell wieder aus meiner Wohnung verschwand und mich auf den Weg ins Schwimmbad machte.

Im Keller des Schwimmbades befand sich eine sehr schöne Saunalandschaft mit verschiedenen Solarien. Hier war ich schon oft mit Monique gewesen und wir hatten jedes mal viel Spaß gehabt. An dem Tag war zwar gemischte Sauna, aber für mich war das kein Problem.
Am Schalter holte ich mir eine Marke, mir der ich durch das Drehkreuz kam. In der Eingangshalle, die mit Marmor gefliest war, schallte das Klacken meiner Absätze so extrem laut, dass sich einige Männer umdrehten, die auf einer Bank saßen, während sie wohl auf ihre Liebsten warteten. Mir war das nicht unangenehm, im Gegenteil!
Das Drehkreuz hatte ich hinter mir gelassen

und ging in Richtung der Umkleiden. Ein Kunde, den ich von der Bank her kannte, war gerade an mir vorbei gegangen und hatte mich mit einem kurzen „Hallo" gegrüßt. Gott sei Dank war der raus gegangen. Ich hatte kein Problem mit den Männern in der Sauna, aber ein Kunde musste da nicht gerade drin sitzen.

Ich ging den Gang entlang, von wo man seitlich in die Umkleidekabinen kam. Die erst beste sollte es sein, damit ich nicht mehr so weit zum Saunabereich laufen musste. Meine Tasche stellte ich in der Umkleide auf die Bank und verschloss die beiden Türen rechts und links von mir. Meine Jacke hing ich über den Kleiderbügel, der sich in der Kabine befand. Ebenso meinen Rock und meine Bluse. Meine Strümpfe, Schuhe und meine Unterwäsche steckte ich zusammengelegt in das Netz am Kleiderbügel. Aus der Tasche holte ich mein großes Badehandtuch, wickelte es mir um und schlüpfte in meine Badelatschen. Meine Zehennägel waren rot lackiert und meine Füße sahen selbst in den Latschen immer noch super aus. Nun hatte ich alles was ich brauchte, schnappe mir den Kleiderbügel, meine Tasche und öffnete die Türen. Meine Sachen verschloss ich in einem Spind und machte mich auf den Weg in die Sauna. Zuerst war aber ein ausgiebiges Duschen angesagt, so wurde es von Betreiber der Saunaanlage gewünscht.

In der Dusche waren zwei Frauen, die sich während des Duschens recht offen über zwei Männer aus der Sauna unterhielten. Ich streifte mein Badetuch ab und hängte es an einen Haken an der Wand. Ich bemerkte, wie mich die beiden Frauen mit ihren Blicken von oben bis unten regelrecht musterten. Mich störte es aber nicht und ich drückte einen der Knöpfe an der Wand für eine heiße Dusche. Das Wasser prasselte wieder über meinen Kopf und ich bemerkte, dass ich mich gar nicht abgeschminkt hatte. Zum Glück hatte ich morgens das wasserlösliche Make Up aufgetragen und konnte mir das unter der Dusche abwaschen. Es war ein tolles Gefühl, wenn der harte Wasserstrahl meinen Körper traf und mir die ein oder andere verspannte Stelle an meinem Körper massierte.

Ich liebte es auch ausgiebig massiert zu werden, was ich mir eigentlich auch mal wieder hätte gönnen können.

Nach der kleinen wohltuenden Dusche trocknete ich mich kurz ab und schlug mein großes Badehandtuch wieder um meinen Körper. Mit dem Gang aus der Dusche befand ich mich direkt in der Saunalandschaft. Mir fiel auf, dass es extrem leer war. Eigentlich wäre ich ja auch nicht dort gewesen. Die anderen

Leute waren sicherlich arbeiten und dort füllte es sich wahrscheinlich erst wieder am Abend.

Nach ein paar Schritten durch die Saunalandschaft stand ich auch schon vor der ersten Sauna. Meine Badelatschen zog ich vor der Sauna aus, öffnete die Holztür der Sauna und bemerkte, wie mich die Blicke zweier Männer regelrecht in die Sauna zogen. Anscheinend waren es die beiden Typen, über die sich die beiden Frauen in der Dusche unterhielten. Ich öffnete mein Badehandtuch und entblößte mich so vor den beiden Herrn. Da es doch recht warm war, zog ich es vor, mich auf die unterste Bank zu setzen. Mein Handtuch legte ich mir unter und machte es mir gemütlich. Die beiden Herrn in meinem Alter saßen mir gegenüber und konnten es nicht lassen, mich von oben bis unten zu fixieren. Meine Beine hatte ich ausgestreckt und ich bemerkte, dass sich einer der beiden mit seinen Blicken intensiv meinen Füßen widmete. Ich bewegte meine Zehen ein wenig und schaute dem Herrn mit einem leichtem Grinsen ins Gesicht. Anscheinend gefiel ihm, was er sah.

Mir schien es, als wären diese Typen überall. Auch wenn ich über die Mail vom Sonntag zu Beginn recht erschrocken war, fand ich auf einmal Gefallen daran, die Männer mit meinen Füßen verrückt zu machen. *Warum standen so*

viele Männer auf Frauenfüße?
Ich schloss meine Augen und versuchte ein wenig die Ruhe zu genießen.

„Sie haben verdammt schöne Füße."
„Danke", sagte ich und öffnete dabei meine Augen.

Verschmitzt schaute ich den Herrn mit den dunklen Haaren an und streckte dabei meine Füße. Er konnte kaum den Blick von meinen Füßen lassen und schien mir auch ein wenig erregt zu sein.

„Sprechen sie immer Frauen so an?", fragte ich, während ich versuchte meinen Körper ein wenig in Position zu drehen.
„Eigentlich nur, wenn ich die Füße der Frau sehen kann."

Der Typ neben ihm schien mir recht erschrocken über unsere Unterhaltung zu sein. Er verzog keine Miene und sagte auch kein Wort.

„Ich würde gerne ihre Füße massieren."
„Sie sind aber sehr direkt, warum glauben sie, dass mir das gefallen würde?"
„Ich könnte wetten, dass sie gerne High Heels

tragen und da ist es abzusehen, dass ihnen öfters die Füße weh tun und ihnen eine Fußmassage gut tun würde. Hab ich recht?"

Ich war schon recht erstaunt darüber, welche Menschenkenntnisse ein Mann doch haben konnte.

„Sie haben Recht. Aber wie kommen sie darauf, dass gerade sie mir die Füße massieren dürfen?"
Dem anderen Typen wurde es anscheinend zu bunt, er stand auf, nahm sein Handtuch und verschwand aus der Sauna. Ich war gespannt, was der Kerl noch von mir wollte.
Der Herrn mit den dunklen Haaren setzte sich von der oberen Bank hinunter direkt neben mich.

„Ich bin Mario, und du?"
„Ich heiße Janine."
„Wie kommt es, dass eine so hübsche Frau mitten in der Woche mittags allein in die Sauna geht?"
„Eigentlich war ich mit einer Freundin verabredet, die hat mich aber hängen lassen."
„Was für ein Zufall", kam es mit einem Lächeln aus Marios Mund.

Mario kam recht nett herüber, war eigentlich eine Sünde wert.

„Was ist jetzt mit der Fußmassage?", fragte mich Mario
„Etwa hier?", antwortete ich ganz erschrocken.
„Warum nicht, wir sind doch ganz alleine hier."
„Ich glaube nicht, dass das hier der richtige Ort ist. Warum fahren wir nicht zu dir oder zu mir?"
Mario schaute mich etwas verdutzt an, damit hatte er wohl nicht gerechnet. Aber auf was hatte ich mich da nun wieder eingelassen?

„Lass uns doch zu dir fahren", antwortete Mario doch etwas zögerlich.
„OK, dann lass uns gehen."

Ich wusste zwar nicht, warum ich es so eilig hatte dort weg zu kommen, aber anscheinend hatte mir Mario ein wenig den Kopf verdreht. Er war groß und kräftig gebaut, eigentlich genau mein Typ.
Ich warf mir mein Handtuch um, drehte meinen Kopf nach hinten und ging mit einem verführerischen Blick aus der Sauna heraus. Mario hatte sich schnell unten herum bedeckt und folgte mir wortlos aus der Sauna. Wir schlüpften in unsere Badelatschen und gingen

in Richtung der Umkleide.

„Treffen wir uns draußen?", fragte ich Mario, der anscheinend nicht so recht wusste, wie ihm geschah.
„Ja, wir können auf der Bank im Eingangsbereich aufeinander warten."

Wortlos und ohne einen Blick verschwand ich in der Damendusche. Irgendwie hatte ich ein wenig Bauchweh und war gespannt auf das, was mich später Zuhause erwarten würde.
Wieder ließ ich das heiße Wasser der Dusche auf meinen Körper prasseln und stellte mir vor, wie Mario mich ganz intensiv massierte. Der Gedanke ließ mich nicht mehr los und ich merkte, wie es in meinem Unterleib anfing zu kribbeln. In meinen Kopf spielten sich Phantasien ab und mein Körper hatte das unersättliche Verlangen nach Sex.
Ich konnte es kaum erwarten und beeilte mich ungemein mit dem Duschen fertig zu werden. Das große Badetuch hatte ich mir wieder umgebunden und ich verschwand in der Umkleidekabine. Meine Sachen zog ich im Eiltempo über, schlüpfte in meine Pumps und stürmte mit gepackter Tasche in Richtung Ausgang, wo ich Mario schon stehen sah. Anscheinend hatte er es genau so eilig wie ich.

An seinem Gesichtsausdruck konnte ich sein Verlangen regelrecht sehen. Seine Blicke wanderten über meinen ganzen Körper und er schien mir mehr und mehr nervös zu werden.

„Fahren wir zusammen?", fragte mich Mario
„Am besten, du fährst hinter mir her."

Ich hatte mich in Marios Arm eingehakt und so gingen wir gemeinsam zu unseren Autos. Unterwegs redeten wir kein Wort miteinander und ich spürte, wie es zwischen uns knisterte. Mario öffnete mit der Fernbedienung sein Auto. Kurioser Weise standen unsere Autos nebeneinander auf dem Parkplatz, so dass wir gleich einsteigen konnten.
So fuhren wir beide vom Parkplatz und ich überprüfte laufend mit einem Blick in den Rückspiegel, ob Mario auch noch hinter mir war. Es wäre fatal gewesen, wenn er mir verloren gegangen wäre. Ich hatte weder eine Handynummer, geschweige denn kannte ich seinen Nachnamen.
Der Verkehr ging um die Mittagszeit noch, so dass wir auch recht schnell bei mir in der Hofeinfahrt standen. Mario wies ich ein, nachdem ich ausgestiegen war, damit er sein Auto hinter meinem abstellen konnte. Sein großer BMW passte gerade noch so hinter

meinen Kleinwagen. Mit einem Grinsen stieg er aus seinem Wagen.

„Hier wohnst du also, schöne Gegend."
„Komm, lass uns reingehen. Trinkst du gerne Wein?", fragte ich Mario, der mir noch etwas nervöser geworden zu sein schien.
„Ja, sehr gerne."

Die Haustür stand weit offen und unser Hausmeister Herr Kalinski lief mir den Tag zum dritten mal über den Weg. Mit einem kurzen „Hallo Herr Kalinski" ging ich mit Mario die Treppe hinauf zu meiner Wohnung. Mit einem kurzen Griff hatte ich die Wohnungstür geöffnet und bat Mario hinein. Auf das ausziehen meiner Pumps hatte ich verzichte, das wollte ich doch ganz gerne Mario überlassen. Meine Badetasche stellte ich erst einmal in der Küche auf der Arbeitsplatte ab.

„Soll ich uns einen Wein öffnen?", fragte ich Mario, auch wenn es erst früher Nachmittag war.
„Das kann ich doch auch machen."

Mario nahm mir die Flasche Wein aus der Hand, die ich gerade aus meinem Weinfach im

Schrank genommen hatte.

„Wo hast du einen Korkenzieher?"

Ich öffnete eine Schublade, nahm den Korkenzieher heraus und reichte ihn Mario herüber. Er nahm ihn mir ganz behutsam aus der Hand und berührte dabei ganz vorsichtig meine Handoberfläche. Tief blickte er mir in die Augen, zog mich an sich und küsste mich ganz intensiv auf den Mund.
Ich nahm Marios Hand, drehte mich herum und ging vor in mein Wohnzimmer. Ich setzte mich auf meinen Sessel und fuhr ihn mit der elektronischen Fernbedienung in eine Stellung, so dass meine Beine hoch lagen. Meine Pumps hatte ich noch an und ich forderte Mario auf, dass er sich doch mal um meine Füße kümmern sollte. Mario zog zuerst einmal seine Jacke aus und warf sie aufs Sofa. In seinen Augen konnte ich sehen, wie sehr ihm der Gedanke meine Füße zu massieren, gefiel. Ich hatte eine bequeme Position eingenommen, während Mario sich vor mir hinkniete. Ganz vorsichtig zog er mir zuerst meinen linken Schuh aus und stellte ihn bei Seite. Ganz behutsam berührte er meinen Fuß, der noch in einem halterlosen Strumpf steckte. Danach zog er mir den rechten Schuh aus und roch ein wenig an ihm.

Der Geruch schien ihm zu gefallen und Mario wurde mehr und mehr nervöser. Sein Atem wurde schneller während er mir leicht mit seinem Daumen die Fußballen massierte.

Es tat richtig gut, was er da machte und mein kribbeln im Unterleib war auch wieder da. Er fing an, meine Füße zu küssen und kam dabei richtig auf Hochtouren, denn in seiner Hose bildet sich etwas riesiges ab, wie ich sehen konnte.

„Ich halte es nicht mehr aus", rief er, während dem er unermüdlich meine Füße liebkoste.

Er stand auf und stellte sich mit seiner dicken Beule in der Hose direkt vor mich. Ich öffnete seine Hose und mir sprang sein riesiger Schwanz entgegen. Ich massierte ihn ein wenig und ich konnte es kaum erwarten, dass er in mich vögelt. Mario rückte mich in eine Position auf dem Sessel, an die ich in meinen kühlsten Phantasien nicht gedacht hätte. Er drang in mich ein und ich konnte mich nicht daran erinnern, dass ich jemals einen so großen Schwanz in mir hatte. Mit mal harten, aber auch mit sanften Stößen brachte mich dieser Mann um den Verstand. Mein Körper bäumte sich auf und ich fühlte mich wie im siebten Himmel. Wir beide stöhnten vor Lust und schauten uns dabei ganz tief in die Augen während wir fast gleichzeitig zum Höhepunkt kamen.

Oh Mann, wie sehr hatte ich das gebraucht, und Mario wohl auch.

Mittlerweile war Mario im Bad verschwunden und ich verweilte noch einen Moment auf meinem Sessel, bis das Bad frei war. Niemals zuvor hatte ich gedacht, dass ich mal einen Mann mit meinen Füßen so verrückt machen würde. Aber irgendwie hatte ich jetzt doch Gefallen daran gefunden, weil der Sex doch ganz anders war als sonst. Vielleicht haben viele Männer verborgene Wünsche, die sie gegenüber ihrer Partnerin nicht zu äußern wagen. Mario war da wohl anders.

Irgendwie hatte das Ganze ein wenig Ähnlichkeit mit meinem Traum gehabt. *Hatte ich doch vielleicht im Unterbewusstsein solche geheimen sexuellen Wünsche?*

Mario war bereits angezogen und im Begriff sich zu verabschieden.

„Darf ich dich wieder besuchen?", fragte er und legte mir eine Visitenkarte von sich auf meinen Wohnzimmertisch.

„Das will ich aber hoffen."

„Ruf mich doch einfach mal an", fügte er hinzu, drückte mir einen Kuss auf die Wange und verschwand leider recht schnell. Ich schaute noch einmal am Küchenfenster, doch Mario war bereits weg.

Ich nahm ein ausgiebiges Bad und trank das Glas Wein, zu dem wir vorher nicht mehr gekommen waren. Ich hatte mich danach auf mein Bett gelegt und die Augen geschlossen. Aber irgendwie kam ich nicht in den Schlaf, weil mir Mario nicht mehr aus dem Kopf ging. *Warum war er nur so schnell verschwunden?* Vielleicht war er verheiratet, oder sein Job rief? Ich hatte noch gar nicht auf seine Visitenkarte gesehen, die er mir vorhin auf den Tisch gelegt hatte. Ich stand kurz auf und ging im Bademantel ins Wohnzimmer, wo die Karte lag. Die Karte nahm ich vom Tisch und setzte mich gleichzeitig in meinen Sessel. Auf der Karte stand:

Mario Denkert

Fliesenleger aus Leidenschaft

Ich glaubte eher, dass seine Leidenschaft ganz wo anders lag. *Ob ich ihn mal anrufe?* Nein, er war ja gerade erst weg und es sollte ja auch nicht den Anschein machen, als würde ich ihm nachlaufen. Die Karte legte ich auf den

Tisch zurück und mir gingen Gedanken durch den Kopf, woran ich früher nie zu denken gewagt hätte.

Der Sex mit Mario war schon etwas besonderes und es wäre mir lieber gewesen, wenn er noch ein bisschen bei mir geblieben wäre. Ich werde ihn anrufen, nur nicht mehr heute.

Bis Monique kam, was es noch genügend Zeit, so dass ich mir erst einmal etwas zu essen machen wollte. Der Kühlschrank gab auch nicht mehr sonderlich viel her, so dass ich es vorzog, mir beim Pizza Bringdienst Pasta zu bestellen. Wieder wusste ich nicht, wo ich mein Handy hingelegt hatte. Wahrscheinlich steckte es noch in der Badetasche, die in der Küche stand. In dem Moment, als ich von meinem Sessel aufstand, klingelte mein Handy, so dass ich leichter orten konnte, wo es lag. Ich ging in die Küche wo das Klingeln lauter wurde. Mein Handy steckte wahrhaftig noch in der Badetasche. Ich öffnete den Reißverschluss und strich während dessen ich das Handy heraus nahm über die markierte Fläche, um das Gespräch anzunehmen. Es war Monique.

„Hi Schnucki, ich bin es. Kann ich jetzt schon zu dir kommen?", fragte Monique.

„Klar, ich bin zuhause. Hast du schon gegessen? Ich wollte mir gerade etwas bestellen."

„Warte damit noch einen Moment, ich bin gleich bei dir."

„OK, bis gleich."

Monique hatte wohl aus dem Auto angerufen, sonst wäre sie nicht so kurz angebunden gewesen. Ich war gespannt, was bei ihr wieder los war, dass sie jetzt schon kommen wollte. Ich zog mir in der Zwischenzeit erst einmal etwas vernünftiges an, weil ich ja immer noch im Bademantel herum lief. Im Schlafzimmer hatte ich noch eine saubere Jeans liegen und oben herum sollte einfach ein T-Shirt reichen. Es klingelte auch schon an der Tür, während ich mir gerade das Shirt übergezogen hatte. Barfuß ging ich zur Wohnungstür, um Monique zu öffnen. Sie fiel mir wieder bestens gelaunt um den Hals und begrüßte mich mit einem:

„Hi Schnucki."

„Hi Süße", antwortete ich, und Monique klammerte sich so fest an mich, als wollte sie mich nie wieder loslassen.

Es war zwar noch nicht all zu lange her, dass wir uns gesehen hatten, aber wenn ihr danach war, bitte.

„Alles OK bei dir?", fragte sie mich.
„Ja, bestens, komm erst mal rein."

Ich schloss die Wohnungstür, nahm Monique die Jacke ab und hängte sie an die Garderobe. Monique war schick gekleidet und Top geschminkt.

„Soll ich meine Schuhe ausziehen?, fragte Monique.
„Kannst Du machen wie du willst."

Monique streifte sich ihre Schuhe von den Füßen und folgte mir ins Wohnzimmer.

„Ich wollte vorhin was zu essen bestellen, hast du Hunger?"
„Klar habe ich Hunger. Zeig mir doch mal die Speisekarte."

Monique nahm auf dem Sofa Platz und legte ihre Beine hoch. Mir fiel auf, dass sie eine hauchdünne Strumpfhose unter ihrem Rock trug.

„Warum bist du schon so früh?", fragte ich Monique.

„Mein Date hat nicht allzu lange gedauert."

„Was war denn los?", fragte ich, während sie sich die Speisekarte vom Bringdienst ansah.

„Lass uns erst mal bestellen, und dann erzähle ich dir alles."

„Was möchtest du essen?"

„Ich nehme Nr. 69, Pasta."

„Genau das wollte ich vorhin auch bestellen. Warte, ich rufe gleich mal an."

Während ich beim Bringdienst anrief, beobachtete ich Monique ein wenig. Sie hatte ein Strahlen im Gesicht, wie ich es selten bei ihr gesehen hatte. Sie grinste ja immer irgendwie und war meistens gut gelaunt, aber heute war es wieder mal anders.

„In einer guten halben Stunde soll das Essen hier sein."

„Super, ich habe riesigen Hunger", antwortete mir Monique.

Ich setzte mich in meinen Sessel, legte meine Beine ebenfalls hoch und sagte zu Monique:

„So, nun erzähl mal."

„Ich weiß gar nicht wie ich anfangen soll", hauchte es ganz leise aus Monique´s Mund.

„Am besten vorne", sagte ich zu Monique, die

mir jetzt etwas verunsichert schien.

„OK, heute morgen habe ich dich angelogen. Ich habe Andreas nicht im Park kennen gelernt, sondern in einem Portal im Internet."

„Was für ein Portal?", fragte ich nach.

„Es gibt da Portale im Internet, wo man.....", Monique unterbrach den Satz.

„Hast Du noch etwas Wein von gestern?"

„Natürlich, warte, ich hole uns zwei Gläser."

Während ich in die Küche ging um uns die zwei Gläser Wein zu holen, schaute Monique ganz nervös auf ihr Handy. Anscheinend wartete sie auf eine Nachricht. Ich machte die zwei Gläser gut voll, denn es gab ja anscheinend einiges zu erzählen. Als ich wieder aus der Küche kam, schrieb Monique gerade auf ihrem Handy.

„Wem schreibst du?"

„Andreas hat sich gerade gemeldet."

In dem Moment hatte sie auch schon ihre Nachricht verschickt und ich reichte ihr das Glas Wein. Ihr Handy legte sie auf den Wohnzimmertisch, gleich neben die Visitenkarte von Mario.

„Was ist das für eine Visitenkarte von einem

71

Fliesenleger?

Willst du dein Bad neu machen lassen?"

„Das erzähle ich dir später, jetzt bist du erst einmal dran."

Monique nahm einen kräftigen Schluck und atmete tief durch.

„Ich hatte mich vor zwei Wochen bei so einem Portal angemeldet."

„Was für ein Portal?"

„Ein Portal, wo man mit Gleichgesinnten kommunizieren oder sich gar treffen kann."

„Worum geht es da?", fragte ich jetzt doch recht neugierig.

Monique nahm genau wie ich einen weiteren Schluck aus dem Weinglas.

„Es geht um die Leidenschaft für Nylon, Strumpfhosen und so was alles."

„Auch um Füße?", fragte ich nach.

„Ja, auch darum."

Ich merkte, dass es für Monique nicht so einfach war, über das Thema zu reden.

„Hast du auch diese Leidenschaft, oder nur die Männer dort?"

„Nein, auch ich habe diese Leidenschaft und

habe sie mein ganzes Leben lang verschwiegen. Früher habe ich immer gedacht, dass ich damit alleine da stehe, aber es gibt sehr viele Männer und Frauen, die die selbe Vorliebe haben."

Ich war doch etwas erstaunt darüber, dass Monique auf einmal so offen über ihre Bedürfnisse reden konnte. Warum auch nicht, beste Freundinnen sollten so etwas können.

„Was genau ist deine Leidenschaft?", fragte ich nach.

Monique zögerte ein wenig. Ihr Blick sank zu Boden, während ich gespannt auf eine Antwort wartete.

„Ich trage sehr gerne Strumpfhosen, wie dir bestimmt schon aufgefallen ist."
„Ja, das habe ich schon gemerkt. Das ist aber doch nicht ungewöhnlich."
„Doch, ich trage sie in erster Linie, um die Männer verrückt zu machen und weil..."

Monique unterbrach wieder den Satz.

„Weil?" fragte ich gespannt nach.
„Weil ich darauf stehe Sex in Strumpfhosen zu haben. Ich liebe es, wenn mich ein Mann vögelt

und ich dabei eine Strumpfhose trage."

Mir stockte ein wenig der Atem, weil ich so etwas nicht vermutet hatte.

„Ich mag es auch, wenn mir ein Mann meine nackten oder auch bestrumpften Füße massiert, dabei selbst eine gewisse Lust verspürt, dies bei mir tun zu dürfen."
„Ich kann gut verstehen, wovon Du redest. Erklärt das auch deine Reaktion heute morgen wegen dem Buch?"
„Ja, das habe ich mir gerade erst gekauft, nachdem ich erfahren habe, dass es so etwas überhaupt zu kaufen gibt."
„Und was war nun heute mit Andreas?"
„Ich habe mich heute das erste mal mit ihm getroffen. Wir waren zuerst Kaffee trinken, danach sind wir zu mir, weil wir es beide vor Lust kaum noch ausgehalten haben."

Monique nahm den letzten Schluck aus ihrem Weinglas und ich musste feststellen, dass es für sie wie eine Befreiung war, dass sie es raus gelassen und mir erzählt hatte. Sie fügte noch hinzu, dass sie sich ein wenig dafür schämt.

„Süße, du brauchst dich nicht zu Schämen. Du glaubst nicht, was ich heute erlebt habe."

Monique schaute mich etwas verdutzt an, während ich damit anfing, die Geschehnisse des heutigen Tages mit Mario ausführlich preiszugeben. Damit hatte sie wohl nicht gerechnet, ich ehrlich gesagt auch nicht, weil mir dieses Thema bisher fremd war. Während meiner Erzählungen wurden wir uns darüber einig, dass es wohl sehr viele Menschen mit dieser Leidenschaft gab, egal ob Mann oder Frau.

Selten konnte ich mich so offen über ein Thema unterhalten. Anscheinend hatten wir doch irgendwie ein und die selbe Leidenschaft. Monique hatte es die ganzen Jahre verschwiegen und ich war im geheimen gerade erst dahinter gekommen, dass mich das Thema nach meiner neuen Erfahrung mit Mario doch auf einmal sehr interessierte. Vielleicht hatte ich ja wirklich verborgene Träume, die ich noch ausleben wollte.

Da mir Monique ihre kleine Notlüge gestanden hatte, war es nun an der Zeit, dass ich ihr meine gestand.

„Süße, ich muss dir auch was gestehen. Heute morgen habe ich dir doch erzählt, das ich auf die Mail des Mr. Anonymous einen Spam gelegt habe. Das war gelogen!"

„Ich denke du wolltest nichts mehr davon wissen", konterte Monique.

„Irgendwie interessiert es mich schon, wer dahinter steckt. Aber ich weiß nicht, wie ich das raus bekommen soll".

„Du willst doch jetzt nicht wirklich anfangen, nach dem Typen zu suchen."

„Doch, ich möchte wissen, wer so feige ist sich anonym zu melden und mir so einen Schrecken einjagt."

„Glaubst du wirklich, dass du das wissen möchtest?"

„Ja", schoss es unweigerlich aus meinem Mund.

In dem Moment klingelte es an der Tür, das konnte nur der Pizza Bringdienst sein. Meine Geldbörse war wohl noch in der Küche in der Badetasche. Mit schnellen Schritten ging ich zuerst zur Wohnungstür, um den Türdrücker für den Hauseingang zu betätigen, damit der Pizzabote schon mal hoch kommen konnte. Während dessen holte ich mein Geld aus der Badetasche.

„Kommen sie herein."

„Guten Abend, ich bringe ihr Essen."

„Stellen sie es hier auf den Wohnzimmertisch."

Monique verzog keine Miene und hatte schon wieder ihr Handy in der Mache um nachzusehen, ob Andreas sich wieder gemeldet hatte.

Der Pizzabote stellte unsere zwei Aluschalen mit der Pasta auf den Tisch und kassierte ab.

„Guten Appetit und einen schönen Abend noch", verabschiedete er sich.

„Vielen Dank, Tschüss", schoss es fast gleichzeitig aus Monique´s und meinem Mund.

Der Pizzabote verschwand wieder und zog die Wohnungstür hinter sich zu.

„Mann, habe ich vielleicht einen Hunger", sprühte es regelrecht aus Monique heraus.

„Lass uns erst einmal in Ruhe essen und dann erzählst du mir, was da so mit Andreas gelaufen ist, OK?"

„Abgemacht."

Wir ließen uns unsere Pasta schmecken und ich hatte bereits noch eine Flasche Rotwein aufgemacht. Wie es aussah, blieb Monique wieder über Nacht bei mir, denn nach dem Rotwein war es nicht empfehlenswert noch zu fahren.

Ich konnte mir denken, dass es einen langen

Abend geben werden würde, weil ich sehr darauf gespannt war, was Monique mit Andreas erlebt hatte.

Während des Essens hatten wir kein Wort miteinander gewechselt und uns nur ein paar Blicke zugeworfen. Die Aluschalen hatte ich bereits entsorgt und die Gabeln in den Geschirrspüler getan. Nun war ich gespannt und stieß mit Monique erst einmal auf einen schönen Abend an.

„So, nun erzähl mal.

„Ich habe Andreas in dem Portal kennen gelernt. Er ist sehr höflich und wir haben nach einem kurzen Chat miteinander telefoniert. Er hat mir gleich gesagt, worauf er steht und was er sich erhofft in mir zu finden."

„Ich verstehe nicht, dass du so ein Vertrauen in eine fremde Person hast."

„Wir haben ja ausgemacht, dass wir uns das erste mal an einem öffentlichen Platz treffen. Da merkt man ja schon, ob man sich sympathisch ist, wenn man sich gegenüber sitzt. Außerdem zwingt uns ja niemand, etwas zu tun, was man nicht will. Ich hätte ja auch jeder Zeit wieder gehen können."

Zuerst war ich recht erstaunt darüber, dass man so schnell Vertrauen zu jemanden haben konnte. Aber bei mir und Mario war es ja auch nicht anders.

„Ich hatte Andreas versprochen, dass wenn wir uns treffen, ich unter der Strumpfhose kein Höschen tragen werde, weil ihn das richtig anmacht."
„Und dann?", fragte ich wieder recht erstaunt nach.
„Es hat ohne Ende geknistert und wir beide konnten es kaum erwarten, dass wir beide irgendwo ungestört sind. Weil meine Wohnung am nächsten war, sind wir halt zu mir gefahren. Schon als wir bei mir im Fahrstuhl standen, fummelte er schon an meinen Beinen herum. Als ich die Wohnungstür öffnete drängte er mich gleich in die Küche Richtung Tisch. Er hob mich hoch, legte mich in Positur und begann mit seiner Zunge mich durch die Strumpfhose zu verwöhnen. Weil er durch den Mund nicht atmen konnte, hörte ich sein erregtes Schnaufen, das er mit der Nase erzeugte. Ich bin noch niemals so verwöhnt worden, so dass ich jede Sekunde davon genossen habe. Kurz darauf stellte er sich hin, ließ seine Hose herunter und zog mir meine Schuhe aus. Seine Hände umfassten meine Fußfesseln und er führte meine Füße direkt an seinen Schwanz, der mir in voller Pracht

entgegen stand.

Nun drückte er meine Füße zusammen und begann, seinen Schwanz zwischen meinen Füßen hin und her zu schieben. Dabei konnte ich sehen, dass ihn das unheimlich anmachte und er dabei immer lauter stöhnte. Auch mich machte das so heiß, dass meine Strumpfhose zwischen den Beinen extrem nass war. Das Gefühl, das zwischen uns nur noch ein bisschen Stoff war, brachte mich in Ekstase und ich konnte es kaum erwarten, bis er in mich eindringt. Er streifte meine Strumpfhose über meinen Hintern etwas herunter und steckte ganz sanft seinen prallen Schwanz in mich hinein. Er vögelte mich fast um den Verstand und ich hielt ihm meine Füße ins Gesicht, damit er noch mehr abgeht.

Schließlich kamen wir beide zum Orgasmus. So etwas hatte ich noch nie erlebt. Ich könnte schon wieder, wenn ich nur daran denke."

Mir hatte es ein wenig die Sprache verschlagen. Monique hatte sich richtig in Rage geredet und kam aus dem Schwärmen gar nicht mehr heraus. Nie zuvor hatten wir so offen über unsere Sexualität gesprochen. *Warum war gerade jetzt der Zeitpunkt dafür?*

Monique nahm einen großen Schluck aus ihrem Weinglas, das danach schon wieder leer war.

„Ich mache uns noch einen Wein auf."
„Gute Idee", rief Monique und hatte einen glücklich und gelassenen Gesichtsausdruck.

Beim Gang in die Küche sah ich meinen Laptop auf der Anrichte stehen, den ich immer wieder dort abstellte, wenn ich ihn gebraucht hatte. Ich musste unbedingt meine Mails nachsehen, vielleicht hatte sich Mr. Anonymous wieder gemeldet.
Ich nahm die letzte Flasche Wein aus meinem Weinfach im Schrank. In den letzten Tagen war der Wein aber ganz schön weggegangen. Mit der Flasche, dem Flaschenöffner und meinem Laptop gesellte ich mich wieder ein wenig beschwipst zu Monique.

„Kannst du den Wein aufmachen", fragte ich Monique.
„Klar, gib mal her."

Monique drehte den Öffner in die Flasche während ich den Laptop startete, um nachzusehen, ob sich dieser Typ wieder gemeldet hatte.

„Süße, mach mir aber das Glas nicht so voll, mir ist schon ein wenig komisch im Kopf."

Monique schenkte uns den Rotwein ein und wir stießen noch einmal gemeinsam auf diesen schönen Abend an. Der Laptop war auch gerade hoch gelaufen, so dass ich voller Erwartungen meinen Email Account öffnete. Monique strahlte über das ganze Gesicht, ihr hatte der Rotwein wohl schon ein wenig mehr zugesetzt als mir.

„Er hat wieder geschrieben."
„Wer?", fragte mich Monique.
„Na dieser Mr. Anonymous."

Monique schien das gar nicht mehr richtig wahr zu nehmen, war wie in Trance. Sie sah so richtig glücklich aus.

Von: Mr. Anonymous

Betreff: Hattest Du einen schönen Tag?

Datum: 26.September 2017, 20:11 Uhr

An: Janine Baumbach

Du fragst warum ich gerade deine Füße verwöhnen möchte? Weil sie es brauchen, wenn du den ganzen Tag in der Bank in deinen

Pumps auf den Beinen bist. Ich könnte wetten, dass du dich danach sehnst wenn du nachhause kommst. Stimmt's?
Ich habe dich heute vermisst, warum warst du nicht in der Bank?

Hab noch einen schönen Abend Schnucki

Ich war schon ein wenig entsetzt. Woher wusste er wo ich arbeite und warum kannte er den Ausdruck Schnucki, so wie mich Monique immer nannte. *War das ein Zufall?*
So langsam bekam ich es wieder mit der Angst zu tun. Anscheinend war der Kerl bestens über mich informiert. *Aber was hatte es mit der Heimlichtuerei auf sich?*

„Süße, ich bekomme langsam Angst, Monique?"

Ich bekam keine Antwort von Monique. Sie war in der Stellung eingeschlafen, in der sie den letzten Schluck Wein getrunken hatte.
Ich machte mir schon Gedanken darüber, wie die Sache mit dem Kerl weiter gehen sollte. Die Polizei wollte ich nicht einschalten, da es ja eigentlich bislang noch ganz harmlos war. Na ja, ein bisschen mulmig war mir schon. Ich

hatte Angst davor, dass er auf einmal bei mir vor der Tür stehen könnte oder er mich irgendwo anders abfing. Immerhin wusste er ja wie ich aussehe und wer ich bin, aber ich kannte ihn nicht. Also konnte es eben jeder sein, der auf der Straße herum lief.

Ich nahm einen kräftigen Schluck aus meinem Weinglas und lehnte mich in meinen Sessel zurück. Auf meinem Schoß hatte ich meinen Laptop stehen, auf dem immer noch die geöffnete Mail zu sehen war. Da es die einzige Mail war die an dem Tag noch gekommen war, ging ich mal davon aus, das meine Freundin aus Berlin wieder keine Zeit hatte, mir zu schreiben. Den Laptop fuhr ich herunter, denn es wurde so langsam Zeit ins Bett zu gehen. Monique schlief tief und fest. Ich holte ihr eine Decke und deckte sie ein wenig zu. Den Abend hatten wir doch ein wenig zu viel getrunken und das Laufen fiel mir doch ein bisschen schwer. Obwohl, eigentlich konnte Monique auch mit bei mir im Bett schlafen, da lag sie doch besser, als auf dem Sofa. Also versuchte ich sie zu wecken.

„Süße, aufwachen, es wird Zeit ins Bett zu gehen."

Ich versuchte durch sanftes Rütteln an ihrer

Schulter sie wach zu bekommen.

„Was ist los?"

„Lass uns zu Bett gehen, es ist spät geworden, wir müssen morgen früh wieder raus."

„OK."

Monique raffte sich auf, nahm noch einen letzten Schluck aus ihrem Weinglas. Sie ging ohne etwas zu sagen ins Schlafzimmer und legte sich auf die rechte Seite des Bettes. Ich hatte gedacht, dass ich sie ein wenig stützen müsste und war ihr gefolgt. Während ich im Türrahmen stand um zu sehen, dass es ihr gut geht, stand sie wieder auf, weil sie bemerkt hatte, dass sie ja noch ihre Klamotten trug und grinste mich dabei ganz verführerisch an. Ich hätte ihr ja gerne beim ausziehen zugesehen, aber ich holte meinen Laptop, die Weingläser und die angefangene Flasche Wein aus dem Wohnzimmer und stellte noch alles in die Küche, bevor ich überall das Licht ausmachte und noch mal zur Toilette ging. Im Bad legte ich meine Jeans und das T-Shirt ab, putze mir die Zähne und streifte mir mein langes Nachtshirt über. Ich war sehr müde, meine Gedanken lagen schon beim morgigen Tag, denn Heiko würde sicherlich einiges zu Meckern haben. Die Mail hatte ich im Moment verdrängt, ich wollte einfach nur noch schlafen.

Als ich ins Schlafzimmer kam, lag Monique seitlich auf ihrer rechten Schulter und blickte zur Tür, durch die ich gerade ging. Sie grinste mich wieder ganz verführerisch an und ich dachte, dass sie etwas bestimmtes von mir wollte.

„Komm ins Bett, ich möchte dir noch einen Gutenachtkuß geben", haucht es ganz verführerisch aus Monique´s Mund.

Ich glaubte das Monique zu viel getrunken hatte und das nicht ernst meinte. Mit einem leicht erschrockenen Grinsen legte ich mich unter meine Decke neben Monique ins Bett. Ihre glänzenden Augen bestätigen mir, dass sie sturzbetrunken war.

„Gute Nacht Süße", sagte ich und rutsche ein wenig zu ihr herüber.
„Weist du eigentlich, dass ich auch gerne mal etwas mit einer Frau hätte?", hauchte es wieder verführerisch aus Monique´s Mund.

Mit diesen Worte hatte ich gerade nicht gerechnet, wollte mir doch eigentlich nur den Kuss abholen und dann schlafen. Ich war mir sicher, dass sie am kommenden morgen nichts mehr davon wusste.

„Lass uns morgen mal darüber reden, wenn wir beide wieder klar denken können. Lass dich drücken und gibt mir den Kuss."

Monique nahm mich ganz sanft in den Arm und drückte mir einen Kuss auf die Wange.

„Schlaf schön mein Schnucki", waren Monique´s letzte Worte bevor sie sich mit einem glücklichen Gesichtsausdruck umdrehte und sich in ihre Decke kuschelte.

Ich lag noch einige Zeit wach, denn das Monique auch auf Frauen stand, kam mir dann doch ein wenig komisch vor. *Hatte sie das jetzt wirklich ernst gemeint?*
Mich beschäftigten nicht nur diese Gedanken, auch der kommende Tag sowie die Sache, dass Mr. Anonymous doch vielleicht auch ein Kunde der Bank sein könnte.

Trotz der vielen Sachen, über die ich mir den Kopf zerbrach, war ich irgendwie in den Schlaf gekommen. Der Wecker klingelte um 6:00 Uhr morgens und ich hatte nach dem gestrigen Weinkonsum durchgeschlafen. Monique anscheinend auch, ich hatte nicht bemerkt, dass sie sich die Nacht über irgendwie bewegt hatte. Es dauerte eine Zeit, bis ich meine Augen richtig aufmachen konnte. Mein Kopf tat weh und ich hatte eigentlich gar keine Lust aufzustehen. Monique hatte nicht einmal den Wecker gehört, den ich kurz nachdem er anging, leiser gestellt hatte.

„Hey Süße, aufwachen."

Ich zog an Monique´s Decke, in die sie sich regelrecht eingerollt hatte.

„Was ist los?"
„Wir müssen aufstehen."

Monique zog sich die Decke über den Kopf und blieb ohne jede Regung liegen. Anscheinend hatte sie auch mit dem vielen Alkohol vom Vortag zu kämpfen wie ich.

„Aufstehen", rief ich erneut.
„Nee, lass mich in Ruhe. Ich muss noch ein bisschen schlafen."

Ich kuschelte mich auch wieder in meine Decke ein und überlegte, ob es heute überhaupt Sinn machte, an dem Tag arbeiten zu gehen. Eigentlich musste Monique auch arbeiten, aber das sah ich noch nicht. *Was würde wohl Heiko von uns denken, wenn wir beide gleichzeitig*

blaumachen?
Eigentlich konnte es mir ja völlig egal sein, da er sowieso mit mir auf Kriegsfuß stand und seine laufenden Nörgeleien mir eh gewaltig auf den Nerv gingen. Da ich Monique sowieso nicht dazu bewegen konnte aufzustehen, drehte ich mich herum und versuchte auch noch ein bisschen zu schlafen.

Während dessen ich versuchte wieder einzuschlafen, merkte ich, dass Monique neben mir so langsam aufzuwachen schien. Sie streckte und räkelte sich neben mir in ihrem Bett und gab irgendwelche komischen Laute von sich.

„Müssen wir nicht Aufstehen", fragte mich Monique und hob dabei ihren Kopf. „Oh mein Kopf, mein Kopf", stöhnte sie.

Monique ließ ihren Kopf wieder in´s Kissen fallen und drehte sich zu mir herum.

„Guten Morgen Schnucki."
„Guten Morgen, hast du gut geschlafen?, fragte ich Monique, die noch mächtig nach Alkohol roch.
„Ja, geht so, aber mein Kopf tut weh. Ich muss erst mal ins Bad."

Monique versuchte sich aus dem Bett zu quälen und ich sah, dass sie splitterfasernackt war. Der Anblick wie sie ging, ihr verschlafener Gesichtsausdruck und ihre zerzausten Haare gefielen mir. Ich konnte meine Blicke kaum von ihr abwenden bis sie mit einem Lächeln durch die Tür ins Bad verschwand. Plötzlich kamen mir Phantasien in den Kopf, woran ich bisher nicht einmal im Traum dran gedacht hätte. Ich stellte mir vor, wie wohl Sex mit einer Frau sein musste, eher gesagt, wie der Sex mit meiner Freundin wäre. Noch nie hatte ich etwas mit einer Frau gehabt. *Ob ich sie mal fragen sollte, ob sie das am Vorabend wirklich erst gemeint hatte?*

Monique hatte sich im Bad etwas frisch gemacht und sich ein Badetuch umgelegt. Sie setzte sich zu mir auf die Bettkante und fragte:

„Weißt du eigentlich noch was ich gestern zu dir gesagt habe?"
„Einiges, was meinst du?"

Monique lächelte und nahm ganz behutsam meine Hand.

„Ich meinte, dass ich gerne mal mit einer Frau schlafen würde."
„Das weißt du noch? Ich hatte gedacht, das

wäre ein Scherz."

„Nein, war es nicht. Ich sehne mich schon sehr lange danach."

Mir verschlug es wieder mal die Sprache und ich musste versuchen, mich irgendwie aus der Situation zu retten. Zwischen Gedanken haben und es zu tun lag aber immer noch ein riesiges Stück dazwischen.

„Lass uns erst einmal aufstehen und dann können wir ja reden", sagte ich.
„OK, dann steh mal auf."

Ich schlug meine Decke zurück und Monique erhob sich in dem Moment von der Bettkante, damit ich vernünftig aus dem Bett kam.

„Na komm, ich helfe dir." Monique nahm meine Hand und half mir aus dem Bett.

Ihr verzaubertes Lächeln strahlte mir entgegen und ich fühlte mich in ihrer Gegenwart unheimlich wohl. Nicht umsonst waren wir beste Freundinnen, aber ich hatte Angst davor, dass Sex zwischen uns unsere Freundschaft zerstören könnte. Die Gedanken die ich hatte, waren schon erregend für mich. *Aber wäre es das Wert, eine Freundschaft auf's Spiel zu setzen?*

„Komm, lass uns erst einmal was frühstücken",
sagte ich und ging erst einmal vor in Richtung
Bad.

„Soll ich schon mal Kaffee kochen", fragte
mich Monique,
während sie in die Küche ging und ich im Bad
verschwand.

„Ja, mach schon mal, du weist ja wo alles
steht."

Mit einem Blick in den Spiegel musste ich
feststellen, dass ich am Vortag zu viel
getrunken hatte. Ich glaubte, dass das mit dem
Arbeiten gar keine gute Idee war. Mal sehen,
was Monique so dazu meint.
Mit dem Zähne putzen versuchte ich einen
anderen Geschmack in den Mund zu
bekommen. Meine Haare waren zerzaust und
auch mein Kreislauf spielte ein wenig verrückt.
So hatte ich lange nicht mehr ausgesehen.

Schon während ich die Badetür öffnete, kam
mir der Geruch von frischen Kaffee entgegen.
Irgendwie freute ich mich, mit Monique an
meiner Seite zu frühstücken.

„Soll ich uns schnell etwas vom Bäcker
holen?", fragte mich Monique, die sich

mittlerweile ihre Sachen aus dem Schlafzimmer geholt hatte und angezogen war.

„Kannst du machen."
„OK, dann gehe ich mal schnell. Gib mir doch mal deinen Schlüssel, dann brauche ich nicht klingeln."

Monique entriss mir den Schlüssel regelrecht, drehte sich herum und verschwand recht schnell zum Bäcker. *Warum hatte sie es mal wieder so eilig?*
In der Zwischenzeit deckte ich schon mal im Wohnzimmer den Tisch, damit wir ganz gemütlich und in Ruhe frühstücken konnten. Mir gingen aber Monique´s Worte nicht aus dem Kopf. *Würde sie wirklich mit mir Sex haben wollen?*
Ich musste mit ihr nochmal darüber reden, da ich ein bisschen zwiegespalten war, was meine sexuelle Orientierung anbetraf. Mit Männern hatte ich immer viel Spaß gehabt und es hatte mir gut getan. *Aber wie wäre die sexuelle Erfüllung mit einer Frau?*

Ich saß in meinem Sessel, während ich auf Monique wartete. Meine Gedanken lagen im Moment mehr bei meiner Freundin, als bei irgendeinem Typen. Bevor ich diese erste Mail von diesem Mr. Anonymous bekam, hatte ich nie einen Gedanken daran verschwendet, etwas mit einer Frau zu haben, geschweige denn, dass ich mir die Füße von einem Typen massieren lasse. *Was hat diese Mail in mir nur ausgelöst?*

War ich jetzt etwa in einem Alter angelangt, wo man neues ausprobieren musste oder hatte ich vielleicht die Angst, etwas in meinem Leben zu verpassen?

Oder lag es daran, dass ich reifer geworden war und mit verschiedenen sexuellen Vorlieben besser umgehen konnte?

Fragen über Fragen worauf ich in dem Moment keine Antworten fand. Vielleicht war es auch die Neugier, mal etwas neues zu erleben.

Der Gedanke, dass ich Monique anders berühren könnte als sonst, ließ in mir doch eine gewisse Lust aufkommen. *Meine Augen waren geschlossen und ich stellte mir vor, wie ich zum ersten mal Monique's Füße berühre, ihr über das Bein streichele, das noch von ihrer Strumpfhose bedeckt war.* Die Vorstellung weckte in mir ein außerordentliches Kribbeln und eine gewisse Nervosität. Mein Verlangen danach ging in dem Moment ins unerlässliche und ich hätte Monique am liebsten angefallen.

Ich hörte, dass sich jemand an meiner Wohnungstür zu schaffen machte. Es konnte nur Monique sein, die vom Brötchen holen kam.

„Schnucki, ich bin zurück."
„Ich habe hier im Wohnzimmer gedeckt, hier ist es gemütlicher als in den Küche."

Monique hatte ihre Schuhe wieder im Flur ausgezogen und der Anblick ihrer bestrumpften Füße ließ mich noch heißer werden, als ich es ohnehin schon war. Aber ich musste irgendwie versuchen, mir nichts anmerken zu lassen.

„Was ist los mit dir? Du siehst irgendwie angespannt aus", sagte Monique.
„Nein nein, es ist alles gut. Ich habe nur ein wenig nachgedacht."

Wortlos goss ich Monique den Kaffee ein und versuchte, so normal wie möglich zu sein. Fast gleichzeitig schnitten wir unsere Brötchen auf und schauten uns dabei immer wieder kurz an.

„Wolltest du nicht gestern deine Mails noch mal checken?"

„Hab ich auch, aber du warst eingeschlafen und hast davon nichts mehr mitbekommen."
„Hat er sich gemeldet?"

„Ja. Er weiß, dass ich gestern nicht arbeiten war und er weiß auch, wie du mich immer nennst."

Das Gespräch lenkte mich von meinen heißen Gedanken ab. Es war etwas seltsam, dass der Typ so gut über mich Bescheid wusste.

„Dann kann es doch nur jemand sein, der gestern in der Bank war, und dich dort vermisst hat."
„Aber woher weiß er, das du mich immer Schnucki nennst?"
„Vielleicht hat er das ja mal mitbekommen, wenn ich dich begrüßt habe."
„Gut möglich, aber was will der von mir?"
„Was hat er denn nun geschrieben?"
„Er ist der Meinung, dass ich mich danach sehne, dass meine Füße massiert werden, wenn ich den ganzen Tag in Pumps in der Bank war."
„Ist das so?", fragte mich Monique mit einem doch recht verschmitzten Lächeln.

Ich verkniff mir die Antwort, lächelte ein wenig zurück und biss vorsichtshalber in mein Brötchen, bevor mir irgendetwas herausrutschte. Klar würde mir das gefallen, so wie ich es gestern mit Mario erlebt hatte. Aber wenn Monique das machen würde...........

Ich versuchte hier gar nicht erst weiter zu denken und konzentrierte mich im Gespräch auf die Mail von Vortag.

„Hast du schon zurück geschrieben?"
„Nein, ich war gestern Abend zu müde. Süße, hast du eigentlich heute Lust zu arbeiten?"

Ich versuchte ein wenig von dem Thema abzulenken.

„Eigentlich nicht, ich hätte ganz woanders Lust zu", sagte Monique und grinste mich an.
„Was hältst du davon, wenn wir uns krankmelden?"
„Dann müssten wir zum Arzt gehen."
„Wo ist das Problem?", fragte ich und holte mein Telefon, das ich am Vorabend noch in der Küche zum laden angeschlossen hatte.

Es wurde Zeit, dass ich Heiko anrief, um mich weiterhin krankzumelden. Ich hatte an dem Tag wieder keine Lust auf den ewig genervten Heiko und den schmierigen Jens. Mein Weg führte mich zu meinem Hausarzt, denn ich wollte mir eine Auszeit gönnen.

„Ich rufe jetzt Heiko an, und du?"
„Wenn du angerufen hast, warte ich ein paar

Minuten und dann melde ich mich auch krank."

Gut das ich Heikos private Handynummer hatte, so brauchte ich nicht bis zur Öffnungszeit der Bank zu warten.

„Hallo Heiko, ich bin es, Janine."
„Guten Morgen", antwortete er mit zerkratzter Stimme.
„Heiko, ich bin weiterhin krank und werde heute zum Arzt gehen."
„OK, weißt du schon wie lange?"
„Keine Ahnung, ich schicke dir die Krankenmeldung vorbei."
„Ich wünsche dir gute Besserung", hörte ich noch.

Heiko hatte das Gespräch unterbrochen. Irgendwie schien er mir an dem Morgen etwas anders als sonst zu sein. *Ob Monique es auch so leicht haben würde, sich ohne Diskussionen krankzumelden?*

„Süße, ich weiß gar nicht, was heute mit Heiko los ist. Versuche du ihn mal zu erreichen."

Monique fing in ihrer Tasche an nach ihrem Handy zu suchen.

„Ach, da ist es ja. Na dann will ich mein Glück mal versuchen", murmelte Monique ganz leise vor sich hin.

Sie suchte im Telefonbuch ihres Handy's nach Heikos Nummer, während ich mir Gedanken darüber machte, wie dieser Tag so aussehen könnte. *Als erstes würden wir zum Arzt fahren um uns krankschreiben zu lassen. Danach werde ich mal sehen, was ich mit meiner Freundin unternehme.*
Monique hatte nun Heiko an der Strippe und meldete sich ebenfalls bei ihm krank. Von Diskussionen hatte ich nichts gehört, irgendetwas stimmte dort nicht.

„Was ist denn mit Heiko los?", fragte mich Monique.
„Keine Ahnung, wer weiß was bei ihm zuhause wieder los ist. Egal!"
„Was war denn nun mit deiner Mail? Wir sind ja schon wieder ganz davon abgekommen."
„Ich habe nicht zurück geschrieben."
„Warum nicht? Sollten wir dem Typen nicht mal eine Lektion erteilen?"
„Hast du eine Idee?"
„Vielleicht, lass uns erst einmal zum Arzt fahren und danach werden wir uns um diesen Typen kümmern."

Ich verschwand kurz im Bad um mich anzuziehen und meine Haare ein wenig herzurichten. Monique wartete im Wohnzimmer und hatte wie meistens ihr Handy in der Hand. Im Bad lagen meine Klamotten vom Vortag immer noch verstreut herum. *Aufräumen werde ich nachher, wenn ich vom Arzt gekommen bin.*

„Können wir los?", fragte mich Monique.
„Klar, ich bin fertig."

Ich hatte mir meine Jeans und das T-Shirt vom Vortag übergezogen, warf mir meine Jacke über und schlüpfte in meine Pumps. Meine Handtasche hatte ich auch, also konnte es los gehen.
Monique öffnete die Wohnungstür und schoss schon mal los. Ich zog an dem Tag meine Wohnungstür nur hinter mir zu. Abschließen brauchte ich nicht, denn ich ging mal davon aus, dass es beim Arzt nicht all zu lange dauern würde.
Monique stand bereits an ihrem Wagen, den sie am Vorabend direkt hinter meinem abgestellt hatte.

„Wir sehen uns später", rief Monique, die gerade in ihr Auto einstieg.

„OK, wir telefonieren nachher. Tschau."

Da wir beide nicht den selben Hausarzt hatten, fuhren wir getrennt. Monique winkte ich noch kurz zu und im nächsten Moment war sie auch schon verschwunden. Ich brauchte mein Auto eigentlich gar nicht, denn mein Hausarzt war nicht allzu weit weg, so dass ich zu Fuß ging. Die frische Luft tat mir gut, nachdem wir am Vortag doch ein wenig zu viel gebechert hatten. Bei Monique hingegen merkte ich morgens nach dem Aufstehen nichts mehr, ihr schien es doch gut zu gehen.

Es waren nur ca. hundert Meter von unserer Einfahrt über den Einlieger Weg bis hin zur Hauptstraße. Da ich ja genügend Zeit hatte, ging ich ganz gemütlich entlang der Hauptstraße zu meinem Hausarzt, der in guten fünfhundert Metern seine Praxis in einer Seitenstraße hatte. *Vielleicht hätte ich mir doch ein paar andere Schuhe anziehen sollen. Aber ich werde das schon irgendwie überstehen.*

Allerdings war ich jetzt wieder mit meinen Gedanken bei Mr. Anonymous, der sich ja danach reißen würde, mir meine Füße nachher massieren zu dürfen. Ach ja, da ist ja auch noch Monique, die da vielleicht auch Interesse dran hätte?

Mann, wo bin ich denn schon wieder mit meinen Gedanken. Warum bin ich auf einmal so verrückt nach ihr?

Durch meine Gedankengänge war ich schneller beim Arzt angekommen als ich erwartet hatte. Die Praxis war gut gefüllt, so dass ich damit rechnete, doch etwas länger dort zu sein. Ich hatte ja Zeit, also setzte ich mich ins Wartezimmer und nahm mir eine Zeitschrift zum Zeitvertreib.

Vertieft in eine Zeitschrift stieß ich auf einen Artikel, der sich auf das Thema Fußfetisch bezog. *Mann, dieses Thema verfolgt mich ja regelrecht in den letzten Tagen.*

Den Artikel las ich mir sehr aufmerksam durch und kam zu der Erkenntnis, dass auch viele Prominente Männer Fußfetischisten waren und sich sogar dazu bekannten. Aber auch sehr viele Männer und Frauen hatten ein Problem mit ihrer Neigung und schämten sich eher dafür.

Bei diesem Fetisch ging es nicht nur um die Füße allein, sondern auch um die Bekleidung rund um die Füße. So wurden Strümpfe, Socken, Strumpfhosen sowie auch Schuhe in den Fetisch mit einbezogen. Aber auch die Form des Fußes sowie die Zehen oder gar der Nagellack spielen oftmals eine bedeutende

Rolle. Einige mochten den Geruch von verschwitzten Füßen, den sie hoch erotisch fanden.

„Frau Baumbach, Frau Baumbach!"

Ich war gerade so in den Artikel vertieft, dass ich nicht einmal das Rufen der Arzthelferin gehört hatte.

„Frau Baumbach, der Doktor wartet."
„Ja, ich komme."

Die Zeitschrift klappte ich wieder zusammen und stellte sie in den Zeitungsständer zurück. Die Arzthelferin begleitete mich ins Arztzimmer und bot mir den Stuhl vor dem Schreibtisch an.

„Der Doktor kommt gleich", sagte sie und verschwand wieder.

Wie hat sie das gemeint? Ich drehe bald durch, verstehe ich jetzt alles zweideutig?

Während ich auf den Arzt wartete klinkten sich meine Gedanken wieder bei dem Artikel ein. Nun hatte ich ein wenig Durchblick bekommen und fand es gar nicht mehr abartig, ganz im Gegenteil! Mir gefiel natürlich auch die Art wie ich mich kleidete, sonst hätte ich es ja nicht getan. Aber in meinen letzten Begegnungen mit Männern hatte ich nicht mit diesen Reizen gespielt. *Vielleicht sollte ich es mal versuchen.*

„Morgen Frau Baumbach."
„Guten Morgen."
„Wie kann ich ihnen helfen?"
„Ich fühle mich abgeschlagen und würde gerne mal ein paar Tage zuhause bleiben um wieder Energie zu tanken"
„Ist etwas außergewöhnliches passiert?", fragte mich der Arzt.
„Ich habe in der letzten Zeit sehr viel gearbeitet und ich muss mal den Kopf frei bekommen."
„OK, ich schreibe sie bis kommende Woche Freitag krank. Sollte es ihnen nicht besser gehen, möchte ich sie wieder sehen."
„Vielen Dank."

Auch wenn ich ein wenig gelogen hatte und mich ein schlechtes Gewissen plagen sollte, schnappte ich mir die Krankenmeldung und verschwand so schnell es ging aus dem Flur der Arztpraxis durch den gläsernen Windfang hinaus auf die Straße. Die Krankenmeldung steckte ich in meine Handtasche und ging zu Fuß wieder über die Hauptstraße nachhause.
Ich war gespannt, wann Monique wiederkam.

Plötzlich hielt ein Wagen neben mir, es war Monique, die bereits schon bei mir zuhause gewesen war. Nach mehrfachen Klingeln hatte sie es sich gedacht, dass ich noch beim Arzt saß und war mir entgegen gefahren. Zusammen fuhren wir wieder zu mir nachhause, so wie wir es verabredet hatten.

„Wie lange bist Du krank?", fragte mich Monique.
„Bis nächste Woche Freitag, und du?"
„Auch bis nächste Woche Freitag."

Monique grinste und hatte wieder ihren verführerischen Blick aufgelegt.

„Da haben wir ja genügend Zeit um einiges zu unternehmen.", fügte Monique hinzu.

Ich weiß zwar nicht was sie meint, aber ich lasse mich einfach mal überraschen.
Wir standen bereits wieder hinter meinem Wagen in der Einfahrt. Ohne etwas zu sagen öffneten wir die Türen ihres Autos, stiegen aus und gingen zu unserem Hauseingang. Im Treppenhaus roch es sehr stark nach Parfüm und ich war froh, dass Monique mir entgegen gekommen war, weil mir meine Füße jetzt doch sehr weh taten. Meine Wohnungstür schloss ich

auf und konnte es kaum erwarten, meine Pumps im Flur auszuziehen. Der intensive Geruch des Parfüms war in meiner Wohnung genau so stark, wie im Treppenhaus. *Soll das eben so schnell hinein gezogen sein?*

„Monique, riechst du das auch?"
„Was meinst du, das Parfüm?"
„Genau, warum riecht es hier genauso stark wie im Treppenhaus?"
„Das wird eben hineingezogen sein, als du die Tür geöffnet hast."
„Meinst du wirklich?"

Monique antwortete mit einem „Ja" und setzte sich ins Wohnzimmer auf's Sofa.

„Ich geh mal eben zur Toilette."

Ich sah, dass die Bad Tür nur angelehnt war. Eigentlich war ich mir sicher, dass ich sie, bevor wir gegangen waren, geschlossen hatte. *Warum steht sie auf einmal offen?*

„Süße, kommst du mal?", rief ich zu Monique ins Wohnzimmer.
„Was ist los?", fragte sie nach.
„Ich glaube hier war jemand in meiner

Wohnung."
„Wie kommst du darauf?"
„Die Bad Tür steht offen. Komm mal bitte. Ich bin mir ganz sicher, dass ich sie vorhin zugemacht habe."

Monique stand bereits hinter mir und schaute über meine Schulter. Den Lichtschalter betätigte ich von außen und drückte die Bad Tür voller Erwartung auf. Im ersten Moment konnte ich nichts außergewöhnliches in meinem Bad feststellen. Doch, meine Strümpfe hatte ich gestern mit anderen Sachen einfach auf den Boden geworfen.

„Monique, wo sind meine Strümpfe hin, die ich gestern ausgezogen und dort hingelegt hatte?"
„Woher soll ich das wissen!"

Ich ging in mein Bad und Monique war ganz dicht hinter mir. Mir pochte mein Herz ohne Ende weil ich so langsam an mir selbst zweifelte.

„Ich habe doch meine Sachen inklusive meiner Strümpfe gestern auf den Boden gelegt. Da bin ich mir hundertprozentig sicher."

Monique war sprachlos und ich suchte auf dem

107

Fußboden in meiner Wäsche nach meinen Strümpfen. Sie waren weg, ich konnte sie nicht finden.

„Es muss jemand in der Wohnung gewesen sein, da bin ich mir ganz sicher."
„Wie kommst du darauf?"
„Denk nur mal daran, wie stark es nach Parfüm gerochen hat, als wir gekommen sind."
„Ja, stimmt, aber hast du sie auch wirklich dort abgelegt?"
„Da bin ich mir ganz sicher."
„Lass uns mal in deiner Wohnung umsehen, ob vielleicht noch etwas fehlt."

Zusammen mit Monique im Nacken schauten wir uns zuerst im Schlafzimmer, danach in der Küche und im Wohnzimmer um. Aber dort war alles unverändert und wir konnten uns wieder etwas entspannen.

„Denk noch mal nach, ob du sie auch wirklich dort hingelegt hast."
„Natürlich habe ich sie dort hingelegt."
„Wer zum Geier dringt in eine Wohnung ein, um ein paar Strümpfe zu klauen?"
„Vielleicht dein Mr. Anonymous?", antwortete mir Monique.

Ich dachte, dass es so langsam an der Zeit war, die Polizei einzuschalten. Aber eigentlich fehlten mir ja Beweise, denn die Tür war nicht einmal aufgebrochen. *Also irgendjemand musste einen Schlüssel zu meiner Wohnung haben. Nur wer?*

„Denk mal nach, wer eventuell noch einen Schlüssel von deiner Wohnung haben könnte", forderte mich Monique auf.
„Mein Ex Mann hat nie einen Schlüssel gehabt."
„Wer kommt sonst noch in Frage?"
„Eigentlich niemand."
„Was ist mit deinem Hausmeister?"
„Herr Kalinski? Er hat als Hausmeister zwar einen Generalschlüssel, aber warum sollte er nach so langer Zeit, die ich hier wohne, gerade jetzt anfangen in meine Wohnung zu gehen und mir Strümpfe zu klauen."
„Immerhin haben wir einen Verdächtigen und den sollten wir mal unter die Lupe nehmen."

Monique strotzte vor Selbstvertrauen, sich als Detektivin zu betätigen.

„Hast du einen Plan?", fragte ich.
„Ja hab ich! Versuche mal deinen Hausmeister anzurufen und frag ihn, ob er dein Schloss mal

nachsehen könnte. Du hast die Vermutung, dass es nicht mehr richtig schließt."

„OK, und dann?"

„Wir werden sehen, ob er sich auffällig verhält."

Ich konnte mir nicht vorstellen, dass Herr Kalinski etwas damit zu tun hatte. Aber ich versuchte trotzdem, ihn zu erreichen. Seine Nummer hatte ich ja in meinem Handy abgespeichert, so dass ich nicht lange suchen musste. Schnell war die Verbindung hergestellt.

„Hallo Herr Kalinski, hier ist Janine Baumbach."

„Ach, Frau Baumbach. Was kann ich für sie tun?"

„Könnten sie heute noch nach meinem Wohnungstürschloss schauen, ich glaube das schließt nicht mehr richtig."

„Ich bin heute und morgen unterwegs und erst am Freitag wieder im Haus."

„Das ist schlecht", antwortete ich mit etwas entsetzter Miene.

„Aber am Freitag kann ich mir das mal ansehen, kein Problem."

„OK, ich bin am Freitag zuhause, klingeln sie dann einfach."

„OK, dann bis zum Freitag."

„Tschüss Herr Kalinski."

Ich hatte eigentlich gehofft, dass er sich das noch an diesem Tag ansah. Nun musste ich sehen, wie ich die nächsten Nächte überstand, da es mir doch ein wenig mulmig war. Kurzerhand beschloss ich, meinen Schlüssel über Nacht von innen im Schloss stecken zu lassen, so dass von außen niemand aufschließen konnte.

„Was hat er gesagt?", fragt mich Monique, die es sich wieder auf dem Sofa gemütlich gemacht hatte.
„Er kann erst am Freitag nachsehen, vorher klappt es nicht."
„OK, dann lass uns mal weiter forschen. Wann hast du eigentlich das letzte von deinem Mr. Anonymous gehört?"
„Warte, ich hole mal meinen Laptop."

Auf dem Weg in die Küche fiel mir ein, dass ich gar keinen Wein mehr hatte. Eigentlich wäre es der richtige Zeitpunkt gewesen, ein schönes Glas Wein zu trinken. *Vielleicht sollten wir nachher noch mal losfahren und Nachschub holen.*
In der Küche hatte ich den Laptop schon angeschaltet, so dass er während ich ins

Wohnzimmer ging schon hochfuhr. So, nun brauchte ich noch das Passwort eingeben, nachdem ich in meinem Sessel Platz genommen hatte um mal zu sehen, ob sich der Verrückte wieder gemeldet hatte. Ich startete das Internet und los ging es. Die Startseite für meine Mails hatte ich gespeichert, so dass ich mich nun einloggte.

„Nein, er hat sich nicht gemeldet. Ich habe keine neuen Mails", sagte ich zu Monique.
„Und was ist mit der alten, zeig mal her."

Ich rief die letzte Mail von dem Typen nochmal auf und drehte mich ein wenig zu Monique herüber.

„Lass mal sehen", sagte Monique und nahm mir den Laptop aus der Hand.

Von: Mr. Anonymous

Betreff: Hattest Du einen schönen Tag?

Datum: 26.September 2017, 20:11 Uhr

An: Janine Baumbach

Du fragst warum ich gerade deine Füße verwöhnen möchte? Weil sie es brauchen, wenn du den ganzen Tag in der Bank in deinen Pumps auf den Beinen bist. Ich könnte wetten, das du dich danach sehnst wenn du nachhause kommst. Stimmt's?
Ich habe dich heute vermisst, warum warst du nicht in der Bank?

Hab noch einen schönen Abend Schnucki

„Kann ich mal zurückschreiben?", fragte mich Monique.
„Ja, mach doch mal. Was hast du vor?"
„Siehst du gleich."
Monique fing wie wild an zu tippen und ich fragte mich, was das nun werden sollte.

Von: Janine Baumbach

Betreff: Ich würde dich gerne treffen

Datum: 27.September 2017, 14:18 Uhr

An: Mr. Anonymous

Du bist mir ja einer. Klar stehe ich drauf, wenn man mir meine Füße massiert. Aber wie wäre es, wenn du die Füße meiner Freundin

auch gleich mit massieren würdest? Ihr würde
das auch gefallen.

Denk mal drüber nach!

Ohne das ich noch etwas unternehmen konnte, hatte Monique die Mail abgeschickt.

„Was hast du dir dabei gedacht? Ich will mich nicht mit dem Kerl treffen."
„Schnucki, bleib doch mal ganz ruhig. Ich doch auch nicht.
Oder vielleicht doch?"

Monique hatte wieder ihr freches Grinsen im Gesicht, was mich in den letzten Tagen doch irgendwie verunsicherte.

„Warte doch mal ab, wie er darauf reagiert", fügte Monique noch hinzu.
Ich könnte jetzt ein Glas Wein vertragen.
Irgendwie war die ganze Sache ja spannend, aber dennoch auch gefährlich. Wir wussten ja nicht, was das für ein Vollidiot ist und zu was der alles in Stande war.

„Hast du auch Lust auf ein Glas Wein?", fragte ich Monique.

„Klar, warum nicht."

„Wir müssten aber zum Supermarkt fahren und ein paar Flaschen holen."

„Kein Problem, das kann ich doch machen. Außerdem kann ich dann gleich unsere Krankenmeldungen einwerfen. Hast du vier Umschläge und Briefmarken?"

„Ja, hab ich."

Von meinem Lieblingssessel aus ging ich an die Schublade am Wohnzimmerschrank, wo ich mein Büromaterial hatte. Monique war auch vom Sofa aufgestanden und reichte mir ihre Krankenmeldung, die ich in den Umschlag steckte. Nur noch die Adresse drauf und die Umschläge waren fertig.

„OK, dann fahre ich jetzt mal schnell an den Briefkasten und anschließend in den Supermarkt."

„Bringst du Rot-und Weißwein mit?", fragte ich.

„Klar, irgendeinen bestimmten?"

„Du weißt doch, welchen wir immer trinken."

„OK, dann bis gleich."

Monique war mal wieder ganz fix verschwunden. Sie hatte sich noch schnell zwei Beutel geschnappt, um den Wein besser transportieren zu können. Eigentlich brauchte ich auch einige Lebensmittel mehr, da mein Kühlschrank mal wieder recht leer war. *Das kann ich auch noch morgen machen, heute können wir nochmal den Pizza Mann beschäftigen.*

Ich stand in meiner Küche und sah, wie Monique aus der Einfahrt über die Stichstraße zum Supermarkt fuhr. Ihr kam ein schwarzer großer Wagen entgegen, der an der Seite hielt. Sah aus wie ein Mercedes, aber aufgrund der Entfernung konnte ich das nicht richtig erkennen.

Mir gingen derweil die letzten Tage durch den Kopf. Es war ja nun einiges passiert. Einerseits hatte mich das Ganze zu Beginn etwas beunruhigt, aber im nach hinein machte mich das Thema Füße auch etwas neugierig.

Im Wohnzimmer klingelte mein Handy. *Das ist bestimmt Monique die noch etwas wissen will.*

In meinen Gedanken drehte ich mich und ging ganz nachdenklich ins Wohnzimmer zu meinen Sessel, wo das Handy auf dem Tisch lag. Während ich auf meinem Handy über das Display strich um das Gespräch anzunehmen, ließ ich mich in meinen heiß geliebten Sessel fallen und verharrte in einer gemütlichen Position.

„Hallo."

„Hallo Schnucki, hier ist dein Freund", klingt es mit verzerrter Stimme

„Wer ist da?"

„Ich kann mir vorstellen, das du gerade in deinem Sessel liegst, stimmt´s?"

„Wer sind sie?"

Mein Herz fing wieder an zu pochen und es verschlug mir regelrecht die Sprache.

„Klar habe ich Lust dir und deiner Freundin Monique die Füße zu massieren. Allerdings ist die ja gerade weggefahren!"

„Woher wissen sie, das meine Freundin hier war?"

„Ich weiß alles!!!"

Auf einmal war das Gespräch beendet. Der Typ hatte aufgelegt. *Was ist das alles für eine kranke Scheiße?*

Ich stand von meinem Sessel auf um in der Küche nachzusehen, ob der große schwarze Wagen noch in unserer Straße stand. Der Blick durch mein Küchenfenster bestätigte meine Vermutung, der Wagen war weg. *Sollte der etwa was damit zu tun haben?*

Ich musste erst einmal Luft holen und blieb vor meinem Küchenfenster stehen, bis Monique vom Einkaufen zurück kam. Mein Handy hielt ich fest in der Hand in der Hoffnung, dass er nicht wieder anrief.

Mit versteiften Blick nach draußen wartete ich, dass Monique um die Ecke kam. Es wurde langsam Zeit, denn der Supermarkt war nicht allzu weit weg. *Wo bleibt sie nur?*

Um mir ein wenig die Zeit zu vertreiben, holte ich mir meinen Laptop aus dem Wohnzimmer und stellte ihn auf die Anrichte vor's Fenster, so dass ich jederzeit einen Blick nach draußen werfen konnte. Der Bildschirmschoner war bereits aktiv, so dass ich mein Passwort neu eingeben musste.

Die Website mit meinen Mails war auch noch offen, so dass ich im Posteingang auf aktualisieren drückte. Es waren wahrhaftig neue Mails gekommen. *Mal sehen.*

Es war auch wieder eine Mail von dem Typen dabei. *Sollte ich sie wirklich öffnen? Wer weiß, was mich da wieder erwartet!* OK, ich öffnete sie.

Von: Mr. Anonymous

Betreff: Ich würde euch gerne treffen

Datum: 27.September 2017, 14:31 Uhr

An: Janine Baumbach

Die letzten Worte hast doch bestimmt nicht du geschrieben. Das war doch mit Sicherheit deine Freundin Monique, die vorhin bei dir war. Wie ist es heute Abend mit einem ganz frivolen Treffen?
Ich habe große Lust euch eure Füße zu verwöhnen, zuerst jeden einzeln und danach zusammen. Wie wäre das?

Euer Mr. Anonymous

Wiedermal war ich sprachlos. *Woher weiß er so genau Bescheid über uns?* Er musste also irgendwo im Umkreis wohnen oder zu mindestens hier irgendjemanden kennen, von wo er uns beobachten konnte. Vielleicht waren ja auch Kameras installiert worden, immerhin musste ja jemand hier in der Wohnung gewesen sein. *Sobald Monique wieder zurück ist, werden wir meine Wohnung nach Kameras absuchen.*

Vollkommen vertieft las ich mir die Mail immer wieder durch, um vielleicht irgendeinen Hinweis zu bekommen, wer dahinter stecken könnte. *Sollte wirklich unser Hausmeister Herr Kalinski dahinter stecken? Der kleine ältere Herr, der immer sehr freundlich zu mir und auch zu allen anderen hier im Haus ist? Nein, das konnte ich mir beim besten Willen nicht vorstellen. Aber bekanntlich kann man ja den Menschen nur bis vor den Kopf gucken! Vielleicht sollten wir ihn doch im Auge behalten.*

Es klingelte an der Tür, was mich doch ein wenig erschrecken ließ. In meinen Gedanken hatte ich gar nicht bemerkt, dass Monique´s Auto bereits in der Einfahrt stand. *Gott sei Dank, ich werde ihr mal schnell die Tür öffnen.* In dem Moment klopfte es auch schon an meiner Wohnungstür, Monique schien schon oben zu sein. Beim öffnen der Tür sah ich, dass Monique vier Tüten hoch getragen hatte. *Mann, warum sagte sie nicht Bescheid, ich wäre doch nach unten gegangen und hätte ihr beim Tragen geholfen.*

„Süße, warum sagt´s du nichts?“
„Alles gut, jetzt bin ich doch oben. Nimm mir mal zwei Tüten ab.“

Ich nahm Monique die zwei Beutel aus der Hand, in die sie wohl den Wein gepackt hatte. *Mann, was hat die denn vor?* In jedem Beutel waren vier Flaschen Wein.

„Komm, wir stellen erst einmal alles in die Küche."
„Ich habe uns noch etwas zu essen mitgebracht, vielleicht können wir was zusammen kochen."
„Gute Idee, mein Kühlschrank gibt nämlich nicht mehr allzu viele her."

Monique packte die zwei Tüten aus, die sie noch zusätzlich im Supermarkt gekauft hatte und verstaute die Sachen gleich im Kühlschrank, während ich mein Weinlager wieder auffüllte.

„Er hat angerufen", sagte ich zu Monique.
„Wer hat angerufen?"
„Mr. Anonymous. Dieser Kerl!"
„Woher hat er deine Nummer? Und was wollte er?"

Während wir auspackten erzählte ich Monique von dem Telefonat und auch das er vorhin, vor dem Anruf, wieder geschrieben hatte.

„Vielleicht sollten wir jetzt doch die Polizei einschalten", riet mir Monique, die bereits dabei war, eine Flasche Rotwein zu öffnen.

„Aber was haben wir denn für Beweise, du weißt doch, dass immer erst etwas passieren muss, bevor die Polizei tätig wird."
„Du hast recht, lass uns erst einmal einen Schluck Wein trinken, und dann überlegen wir mal, wie wir weiter vorgehen."

Ich nahm zwei saubere Weingläser aus dem Schrank, die Monique so gut befüllte, dass die Flasche schon fast wieder leer war. Wir stießen auf einen gemeinsamen schönen Tag an, nahmen einen kleinen Schluck und gingen mit unseren Gläsern ins Wohnzimmer. Wir setzten uns erst einmal und versuchten ein wenig zur Ruhe zu kommen, bevor wir uns überlegten, wie unser weiteres Vorgehen aussehen sollte. Monique hatte mal wieder so ein Grinsen im Gesicht, was mich vermuten ließ, dass es nicht´s gutes hieß. Anscheinend schmiedete sie gerade irgendeinen einen Plan.

„Was ist los?", fragte ich Monique.
„Wir sollten uns mit dem Verrückten verabreden. Gib mal den Laptop her, ich schreibe den jetzt nochmal an."

„Du willst dich wirklich mit ihm treffen?"
„Nein nein, ich will mich nicht mit ihm treffen, sondern wir!"

Ich wusste nicht, was sie sich davon versprach, aber ich war mal gespannt, was sie vor hatte.

„Hat er eigentlich mit Nummer angerufen, oder war sie unterdrückt?", fragte mich Monique.
„Die Nummer war unterdrückt."
„Klar, das wäre ja auch zu einfach gewesen."

Nachdem ich Monique den Laptop aus der Küche geholt hatte, schrieb sie wie wild auf der Tastatur herum. Ich war unheimlich gespannt, was sie diesmal schrieb.

Von: Janine Baumbach

Betreff: Lass uns treffen

Datum: 27.September 2017, 16:47 Uhr

An: Mr. Anonymous

So mein Lieber, da du ja bestens über mich

und meine Freundin Bescheid weißt, ist es an der Zeit, dass du endlich unsere Füße verwöhnst. Lass uns heute noch treffen, denn unsere Füße werden es dir danken. Also gib dir einen Ruck und rufe wieder an.

Monique hatte die Mail abgeschickt, ohne sie mir vorher zu zeigen. Nun war ich mal gespannt, ob er sich wieder melden würde. Mit Monique stieß ich wieder mit einem kleinen Schluck Rotwein an. Wir durften nicht allzu viele trinken, vielleicht mussten wir ja noch fahren.

In dem Moment klingelte bei Monique das Handy. Ich ging davon aus, dass es nicht dieser Kerl war. Monique sah, dass Andreas, ihre neue Bekanntschaft anrief, stand auf und ging in die Küche um dort ungestört telefonieren zu können. Der Anblick ihrer bestrumpften Füße sowie ihr Gang ließ mich wieder in Phantasien schwelgen, die ich mir aber nicht anmerken lassen durfte. *Ja, sie macht mich irgendwie heiß!*

Monique kam nach einem kurzen Telefonat wieder aus der Küche zurück.

„Das war aber ein kurzes Telefonat."
„Andreas wollte sich heute Abend mit mir treffen."

„Und?"

„Ich habe ihm gesagt, dass ich heute Abend keine Zeit habe und ich mich morgen bei ihm melde. Heute nehmen wir uns erst einmal diesen Typen vor. Zum Wohl."

Monique erhob wieder das Glas zum anstoßen. Dabei sah sie mir wieder ganz tief in die Augen, so wie die letzten male. Mir wurde es ganz warm ums Herz und ich glaubte, dass sie bereits gemerkt hatte, dass sie mich heiß machte. *Sollte ich wirklich mit ihr schlafen?* Ganz behutsam nahm sie meine Hand und streichelte vorsichtig mit ihrem Daumen über meine Handoberfläche. *Was hat das zu bedeuten?*

„Schnucki, ich bin unheimlich heiß auf dich."

Irgendwie war ich wie gelähmt, weil ich noch nie in einer solchen Situation mit einer Frau war. Auch wenn Monique schon öfters so Andeutungen machte, hatte ich in diesem Moment nicht mit so etwas gerechnet. Ich wusste in dem Moment nicht, wie ich mich verhalten sollte. Monique schaute mir weiter tief in die Augen und kam mir dabei so nahe, als wenn sie mich küssen wollte. In dem Moment klingelte mein Handy. *Sollte das etwa*

dieser Typ sein?
Ich zog mich ein wenig von Monique zurück, die immer noch grinste, um an mein Handy zu gehen. Es war meine Mutter. *Scheiße, bei ihre sollte ich mich doch schon am Wochenende gemeldet haben.*

„Hallo Mama."
„Hallo mein Kind, alles OK bei dir?"
„Ja, bei mir ist alles OK, und bei dir?"
„Auch alles gut."
„Mama, kann ich dich morgen zurückrufen, ich habe gerade Besuch."
„Ja kannst du machen, aber melde dich auch."
„Mache ich, bis morgen, Tschau."

Verdammt, ich hatte ganz vergessen, dass ich meiner Mutter helfen sollte, die Terrasse abzuräumen, damit sie für den Winter fertig war. *Das muss ich die Tage irgendwann machen.*
Eigentlich hatte ich zuhause auch genügend zu tun. Aber das ganze Thema Fetisch hatte meine täglichen Abläufe dermaßen durcheinander gebracht, so dass ich in den letzten Tagen meinen Rhythmus total verloren hatte. Im Moment hieß es eh erst einmal warten, ob sich dieser Typ überhaupt melden würde. Ich ging davon aus, dass er den Schwanz einzog und so

langsam kalte Füße bekommen würde. Also machte ich mich mal ein bisschen an die Hausarbeit.

„Lass uns mal nachsehen, ob er vielleicht schon geschrieben hat", rief Monique,

die es sich bereits auf dem Sofa bequem gemacht hatte. Sie spielte mit ihren Zehen, indem sie sie streckte und wieder zusammen zog. In ihren hauchzarten Strümpfen sah das sehr verführerisch aus. Dabei sah sie mich an und grinste mal wieder ganz verführerisch. *Soll das wieder eine Anmache sein?*
Monique hatte sich den Laptop genommen und sah nach, ob der Kerl sich gemeldet hatte.

„Ich muss das Passwort neu eingeben. Willst du das selber machen?"; fragte Monique.
„Nein, gib einfach meinen Namen ein."
Monique gab das Passwort ein und aktualisierte den Posteingang.

„Er hat geschrieben", rief Monique.

Von: Mr. Anonymous

Betreff: Treffen heute Abend

Datum: 27.September 2017, 17:08 Uhr

An: Janine Baumbach

Hallo ihr zwei süßen, ich erwarte euch heute Abend um 19:00 Uhr vor der Pizzeria Pietro. Dieser Treffpunkt ist öffentlich. Ich weiß doch, dass ihr gerne dort hingeht. Danach sehen wir weiter.
Ich warte auf euch! Und macht euch schick!

Monique war nun auch etwas nervös geworden. Wir hatten knapp zwei Stunden um uns darauf vorzubereiten. *Wie sollen wir damit umgehen oder wird er überhaupt kommen?*

„Schnucki, lass es uns anpacken, der Deal ist perfekt. Ich bin mal gespannt, was das für ein Idiot ist."
„Was ist, wenn der uns wirklich an die Füße will?"

Monique lachte.

„Der glaubt doch nicht wirklich, dass ich einen Fremden einfach mal so an meine Füße lasse."

„War doch mit Andreas auch nicht´s anderes, oder?", fügte ich hinzu.

„Das ist etwas ganz anderes."

„Wir sollten uns mal überlegen, was wir anziehen", sagte ich zu Monique.

Monique wollte aber so angezogen bleiben wie sie war. Doch ich wollte mir schon etwas hübsches anziehen. Eigentlich konnte es mir ja egal sein, weil wir gar nicht wussten, ob der Kerl überhaupt kam. In meinem Schlafzimmerschrank fand ich meine schwarze Hose und eine weise Bluse. Dazu halterlose Strümpfe und schwarze Stiefeletten.

„Ich habe etwas gefunden", rief ich Monique aus meinem Schlafzimmer zu.

„Na hoffentlich ist es sexy genug", hörte ich Monique rufen, während ich auf dem Weg zurück ins Wohnzimmer war.

„Klar, den Kerl lasse ich mal vermuten, was in meinen Schuhen steckt."

„So gefällst du mir."

Monique grinste in dem Moment, wo ich mein Wohnzimmer betrat. Die war schon wieder bestens gelaunt und hat ihren verführerischen

Blick aufgelegt. *Mann, das knistert vielleicht zwischen uns!*

„Komm, lass uns noch einen Schluck nehmen", forderte mich Monique auf und hielt mir ihr Glas entgegen.

Monique´s Nervosität war anscheinend schon wieder verschwunden. Mein Sessel hatte mich wieder voll im Griff und ich erwiderte Monique´s Aufforderung zum Trinken.

„Zum Wohl Süße, auf einen ganz besonderen Abend."

Hoffentlich hat sie es nicht falsch verstanden, ich meinte das Treffen nachher. Wir beide nahmen einen kräftigen Schluck aus unserem Weinglas. Ich war doch ein wenig nervös, lies es mir aber nicht anmerken.
Während wir uns ausgiebig unterhielten, bemerken wir gar nicht, wie die Zeit verging. Gegenseitig hatten wir uns von unserem Treffen mit dem Kerl abgelenkt. Monique hatte immer wieder neue Geschichten zu erzählen.
Wir hatten uns auch noch Wein nach geschenkt, so dass keiner von uns mehr Fahren durfte. Zum Glück war der Italiener ja gleich um die Ecke, so dass wir auch zu Fuß gehen

konnten.

„Ich werde mich jetzt mal umziehen und ein wenig frisch machen", sagte ich zu Monique.

Im Bad zog ich mir die Strümpfe an, dass sah schon verführerisch aus. Die knallenge schwarze Hose formte meinen Po außerordentlich sexy. Mein Make Up zog ich noch ein wenig nach, dass musste für den Abend reichen. Beim Überziehen meiner Bluse bemerkte ich, dass meine Brüste doch recht groß waren und die Bluse etwas spannte. Aber trotzdem sah es toll aus. *Jetzt nur noch meine Stiefeletten anziehen, Reißverschluss zu, fertig für´s Date mit diesem Irren!*

Monique saß im Wohnzimmer und hatte ihre Schuhe bereits angezogen.

„Können wir los?", fragte mich Monique, die nun doch ein wenig drängte.
„Klar, ich bin fertig."
„Dann los."

In meiner Handtasche lies ich noch mein Handy und meinen Haustürschlüssel verschwinden, nachdem ich die Wohnungstür von außen verschlossen hatte. Das Klacken meiner

Absätze schallte wieder durch´s ganze Treppenhaus und ich war gespannt, was passieren würde. Monique hatte sich in meinen linken Arm eingehakt und so gingen wir gemütlich mit großer Erwartung in unser Treffen mit diesem Irren. *Mein Gott, was soll das nur werden?*

Unterwegs erzählte mir Monique, dass sie sich morgen mit Andreas trifft. Aus dem Grund würde sie abends mit dem Taxi nachhause fahren. Als ich vorhin im Bad war, hatte sie per SMS mit Andreas geschrieben. Ich sollte sie dann morgen Mittag abholen und dann würde sie mit mir was tolles unternehmen. Ich weiß ja, dass Monique immer gute Ideen hat, also ließ ich mich mal überraschen, was sie tolles vor hatte. Nun hieß es aber erst einmal sehen, was uns dieser Abend bringt.

Monique hatte ein ungemeines Tempo in ihrem Schritt, obwohl wir eigentlich genügend Zeit hatten. Es war nicht mehr weit, ich konnte die Pizzeria bereits sehen. So langsam fing mein Puls an, schneller zu schlagen und um Monique war es auch etwas stiller geworden.

„Meinst du er kommt?", fragte mich Monique.
„Ich weiß nicht! Eigentlich weiß ich gar nicht was wir hier tun. Was glaubst du?"

„Ich glaube, dass er den Schwanz einzieht und hier nicht aufläuft. Schließlich ist diese Art von Belästigung strafbar und vielleicht denkt er, dass das eine Falle ist."

„Na ja, es ist ja schon ein wenig komisch, dass er soviel über uns weiß", sagte ich zu Monique etwas nachdenklich.

Wieder verstummten wir, nachdem es nur noch ein paar Meter bis zum Eingang der Pizzeria waren. Mir gingen die Gedanken durch den Kopf, wie die ganze Sache angefangen hatte und wie mich der Traum am Anfang ganz durcheinander brachte. Dafür war ich nun doch etwas entspannter, auch wenn die Situation doch etwas gefährlich war. *Glaubt er wirklich, wir würden mit ihm irgendwo hingehen, wo er unsere Füße verwöhnen kann?*
Ganz angespannt standen wir vor der Pizzeria und warteten auf die Dinge, die da kamen. Monique schaute alle paar Minuten auf die Uhr und war genau so stumm wie ich. Irgendwie schien es ihr auch etwas mulmig zu sein.

„Süße, ist es schon 19:00 Uhr?"
„Es ist schon drei Minuten nach", antwortete mir Monique.
„Lass und noch ein bisschen warten", sagte ich

und schaute mich ein wenig in der Straße um. Allerdings hatte ich nichts auffälliges bemerkt. Doch, auf der gegenüberliegenden Seite stand im Seitenstreifen wieder so ein großer schwarzer Mercedes. *Na ja, da gibt es ja tausende von, das ist bestimmt ein Zufall.*

„Wie lange wollen wir denn warten?", fragte Monique, die ja anschließend nachhause wollte. „Lass uns mal noch fünf Minuten warten, wenn dann nichts passiert ist, gehen wir wieder."

In dem Moment klingelte mein Handy. *Das konnte ich ja gerade nicht gebrauchen. Bestimmt meine Mutter.* Ich war nervös und versuchte mein Handy aus meiner Handtasche zu kramen.

„Hallo, wer ist da?", fragte ich mit zittriger Stimme, nachdem ich des Telefonat angenommen hatte.
„Hallo ihr zwei süßen, ihr seid ja wirklich gekommen. Damit habe ich nicht gerechnet."

An meinem Gesichtsausdruck konnte Monique erkennen, dass es der Typ war und riss mir mein Handy aus der Hand.

„Na du Irrer, wo bleibst du? Wir haben eine

Überraschung für dich", schrie Monique ins Telefon.
„Was denn für eine Überraschung?"

Monique hatte den Ton laut gestellt. Seine Stimme klang verzerrt, als hätte er ein Zusatzgerät oder irgendeine App, womit das möglich war.

„Du wolltest uns doch an die Füße gehen, was ist jetzt damit?", fragte Monique recht forsch nach.
„Ich habe nicht gedacht, dass ihr darauf eingeht."
„Du kennst uns doch anscheinend recht gut, dann zeig dich."

Monique hatte die Nase voll, sonst hätte sie nicht so mit ihm geredet.
„Ich werde mich wieder bei euch melden, versprochen."
„Hast du eigentlich Janine's Strümpfe geklaut?"

Er hatte aufgelegt! In dem Moment sah ich, wie der schwarze Mercedes auf der gegenüberliegenden Seite aus der Parklücke fuhr und wendete. Ich konnte aber niemanden erkennen und es sah so aus, als hätte der

Fahrer einen Kapuzenpullover oder eine schwarze Maske getragen. Das Nummernschild hatte ich auch nicht erkannt, dafür war er zu weit weg.

„Das wird er gewesen sein, dieser Arsch. Was für ein Idiot", schimpfte Monique.

Irgendwie war ich doch erleichtert, dass es vorbei war. Aber es musste jemand sein, den wir vielleicht auch ganz gut kannten. Aber ich kante niemanden mit einem schwarzen Mercedes!

„Lass uns nachhause gehen", schlug ich Monique vor, die ja gerne nachhause fahren wollte.

Ohne große Worte gingen wir gemütlich wieder zu mir nachhause. Es war ein langer und anstrengender Tag, auch wenn wir nicht viel gemacht hatten. Doch die Anspannung den ganzen Tag über war das, was uns so platt machte. Mir wäre es natürlich lieber gewesen, wenn meine Freundin diese Nacht noch mal bei mir geschlafen hätte, denn alleine sein war für mich an dem Abend nicht so einfach. Ich konnte von ihr auch nicht verlangen, dass sie meinetwegen auf ihr Date verzichtete. Es hatte sicherlich seine Gründe, dass sie nachhause wollte.

„Schnucki, ich rufe mir jetzt schon mal ein Taxi, wir sind ja gleich bei dir. Die brauchen ja auch immer ein paar Minuten", sagte Monique und zog ihr Handy schneller aus ihrer Handtasche als John Wayne seinen Colt.

Ich war gedanklich recht vertieft, so dass ich gar nicht mitbekam, was Monique am Telefon sagte. Vielmehr ging mir durch den Kopf, wie die ganze Sache weitergehen sollte. *Konnte ich mich überhaupt noch frei bewegen, ohne das ich von dem Typen beobachtet wurde?*
Ich hatte aber viel mehr Angst davor, dass er auf einmal bei mir vor der Tür stehen könnte.
Bis darauf, dass meine Strümpfe in meiner Wohnung geklaut worden waren, war ja nichts passiert. Selbst das konnte ich nicht einmal beweisen. Also warum sollte mir die Polizei glauben, wenn ich denen davon erzähle, oder ich gar eine Anzeige gegen Unbekannt machen würde. Ich hatte keine Beweise, außer die Mails, die wir ja auch noch beantwortet hatten. *Wer soll mir da glauben?*

Wir waren bei mir in der Einfahrt angekommen. Monique gab mir ihren

Autoschlüssel, damit ich sie an kommenden Mittag mit ihrem Auto abholen konnte.

„Schnucki, da kommt auch schon mein Taxi."
„OK, dann sehen wir uns morgen Mittag."
„Und nimm dir bitte ein paar Handtücher mit."
„Warum?", fragte ich nach.
„Wirst du dann sehen, ich habe einen Termin für uns gemacht."

Monique drückte mich noch einmal richtig heftig, gab mir einen dicken Kuss auf die Wange und stieg in ihr Taxi.

„Bis morgen", rief ich noch hinterher.

Sie schloss die Tür vom Taxi und ich winkte ihr noch kurz hinterher, bevor ich anfing, meinen Schlüssel in meiner Handtasche zu suchen, während ich zur Haustür ging. Es wurde auch mal wieder Zeit, dass ich meinen Briefkasten leerte, was ich tat, als ich im Treppenhaus war. Der war auch schon wieder mehr als voll. *Natürlich, das habe ich mir gedacht, nichts als Werbung.* Mit dem Pack Altpapier ging ich die Treppe hinauf, öffnete meine Wohnungstür und ging mit einem doch mulmigen Gefühl hinein. Das Altpapier legte ich in die Küche, sowie meine Handtasche und meinen Schlüssel.

Zuerst zog ich meine Stiefel aus und lies mich entspannt in meinem Sessel nieder.

Meine Beine lagen hoch und ich bemerke beim Anblick meiner Füße, dass meine Schuhe ein wenig den Zehenteil meiner Strümpfe verfärbt hatten. *Hab ich etwa so geschwitzt?*

Ich glaubte das mir eine Dusche gut tun würde. Aber zuerst wollte ich noch ein wenig in meinem Sessel entspannen. *Vielleicht sollte ich nachher mal Mario anrufen.* Ich hatte ihm meine Nummer nicht gegeben, also musste ich mich melden. *Mal sehen!*

Aus der Küche hörte ich, dass ich eine SMS bekommen hatte. Mein Handy war noch in meiner Tasche. Da ich sowieso duschen wollte, stand ich auf um nachzusehen, wer da etwas von mir wollte.

Beim Gang in die Küche hatte ich bemerkt, dass meine Beine recht schwer waren und ich eigentlich nur noch ins Bett wollte. *Aber die Dusche wird mich schon wieder fit machen.*

Monique hatte geschrieben, dass sie den kommenden Tag ganz für mich da ist und das ich mich auf das freuen sollte, was alles geschehen wird. *Mein Gott, machte die wieder auf Heimlichtuerei.*

Mein Handy lies ich in der Küche liegen, das

brauchte ich im Bad nicht. Im Schlafzimmer zog ich zuerst meine Bluse aus und hängte sie wieder auf den Bügel. Im Spiegel des Schrankes sah ich mir noch mal meinen wohlgeformten Hintern in der schwarzen Hose an. Das sah schon heiß aus und ich begann mir die Hose über den Hintern und der Beine abzustreifen. Dabei kam der Ansatz meiner halterlosen Strümpfe zu Vorschein, so dass ich mir selbst zusah, wie ich mich auszog. Mich erregte das, weil ich jetzt nur noch mit einem String, den Strümpfen und meinem BH bekleidet war. Den BH legte ich als nächstes ab und schaute mir meinen Körper genau an. Mit Mitte vierzig hatte ich noch eine Top Figur, meine Brüsten standen noch und auch sonst war noch alles recht stramm. Nachdem ich meinen String ausgezogen hatte, setzte ich mich auf die Bettkante und zog meine Strümpfe aus. Erneut stellte ich mich vor den Spiegel und sah, dass es an der Zeit war, den Nagellack an meinen Zehennägeln neu zu machen. *Vielleicht mache ich das morgen, jetzt gehe ich erst einmal duschen.*

Ich mochte es, wenn der harte Wasserstrahl meinen Körper traf, ich mich ausgiebig einseifte und dabei einfach mal abschaltete. Das gab mir ein Gefühl von Ruhe und Entspannung. Leider war es an dem Abend nicht so. Laufend schwirrte mir dieser Typ durch den Kopf und dann machte Monique auch noch laufend solche Bemerkungen. Im Moment wusste ich wirklich nicht, wo mir der Kopf stand. *Ich sollte Mario gleich mal anrufen, wenn ich mit dem Duschen fertig bin. Das bringt mich vielleicht ein bisschen auf andere Gedanken.*

Ich hatte mir einfach meinen Bademantel umgelegt und mit einem Handtuch meine Haare eingewickelt. Ich schlüpfte in meine Flip Flops und ging raus aus dem Bad, was sich gerade vom Duschen sehr erhitzt hatte. *Mann, ist mir warm.*
Irgendwie bekam ich doch ein wenig Hunger, so dass ich mir erst einmal eine Scheibe Brot machte. Bei einem Blick aus dem Fenster sah ich, dass der schwarze Mercedes wieder in unserer Straße stand. Es schien aber niemand drin gesessen zu haben, zumindest konnte ich nichts erkennen. Mir wurde es doch schon wieder etwas mulmig in der Magengegend. *Sollte das etwa wieder dieser Typ sein?*
Ich muss Monique anrufen! Wo ist denn mein Handy? Ach hier liegt es.
Mit etwas zittrigen Händen suchte ich in meinem   Handy   nach   Monique´s Telefonnummer. *So, auf Monique drücken und dann auf wählen.* Es klingelte nur zweimal, bis

Monique abnahm.

„Hi Schnucki, was gibt es?"
„Monique, er ist wieder da", antwortete ich ganz aufgeregt.
„Wer ist wieder da?"
„Der Typ mit dem schwarzen Mercedes, er steht bei mir in der Straße."

Im selben Moment drehte ich mich wieder zum Fenster.

„Er ist weg."
„Ich denke er wäre da?"
„Nein, der schwarze Mercedes ist wieder weg. Ich drehe hier noch durch."
„Beruhige dich erst einmal. Ich glaube nicht das er heute noch mal wieder kommt."
„Wie kannst du dir da so sicher sein", fragte ich Monique.
„Wenn er was schlimmes wollte, hätte er das längst getan."
„Du bist ja vertrauensvoll gelaunt. OK, ich hole dich dann morgen Mittag ab. Tschau Süße."
„Tschau, bis morgen."

Monique hatte mal wieder eine Ruhe in sich, klar, sie hatte ja den Irren nicht am Hals. Ich aß nun erst einmal ganz in Ruhe meine Scheibe

Brot und dann wollte ich Mario anrufen.

Meine Gedanken pendelten laufend zwischen dem Irren und Monique hin und her. Bei dem Irren wusste ich nicht wie das endet und bei Monique wusste ich nicht ob, und wie es beginnen sollte. Ich hatte ja schon Lust neue Erfahrungen zu machen, gerade mit einer Frau wie Monique.

Sie hatte ja nun gerade Andreas kennen gelernt, da wusste man auch nicht wie sich das entwickeln würde. Und bei mir war Mario in mein Leben getreten. Was die Beziehung oder den Sex anbetraf, war ich im Moment etwas zwiegespalten. *Wie soll ich mich verhalten? Was soll ich tun?*

Mir trieb es die Tränen ins Gesicht während ich an meinem Brot herum knabberte und gespannt aus dem Küchenfenster auf die Straße blickte. *Ich will hoffen, dass der Wagen nachher nicht wieder dort steht. Dann werde ich die Polizei rufen.*

Mit meinem Handy und der Scheibe Brot in der Hand legte ich mich ausnahmsweise mal aufs Sofa. Ich schaltete mit der Fernbedienung meinen Fernseher an und versuchte beim fernsehen etwas Ruhe zu finden. *Mario geht mir auch gerade durch den Kopf, ich werde ihn jetzt mal anrufen.* Seine Nummer hatte ich mir zwischenzeitig schon mal in meinem Handy gespeichert.

Es klingelte und ich war unheimlich aufgeregt. *War ja auch sehr schön mit ihm, als wir uns das erste mal getroffen hatten, auch wenn es sehr ungewöhnlicher Sex für mich war.*

Die Mailbox ging an. *Schade, ich hätte sehr gerne mit ihm geplaudert.*

Ich hatte ihm keine Nachricht hinterlassen und wollte es ein anderes mal versuchen.

Im Fernseher lief gerade ein Liebesfilm, der gerade erst begonnen hatte. Ich wollte ein wenig abschalten und mir den Film ganz in Ruhe ansehen. Mein Handy hielt ich in der Hand und hoffte, dass Mario vielleicht anhand meiner mitgesendeten Nummer zurückrufen würde.

Es waren schon einige Minuten vergangen und ich war vertieft in den Film, der gerade lief. Doch irgendetwas kam mir komisch vor. Der Film spiegelte haargenau die Szene wieder, wie ich zusammen mit Monique beim Italiener war, als die zwei Typen uns als fixierten und ich das Lokal verlassen musste. *Bin ich denn eigentlich bekloppt? Was geht denn hier ab?*

Nein, ich war nicht eingeschlafen und hatte auch nicht geträumt. Ich saß vor meinem Fernseher und da liefen gerade Szenen aus mein Leben!

Das wird mir jetzt zu doof. Ich schalte meinen

Fernseher aus und gehe zu Bett. Zuvor ging ich noch ins Bad, um mir meine Zähne zu putzen und das Handtuch auf meinem Kopf zu entfernen. Danach war ich noch kurz in der Küche und warf einen kurzen Blick aus dem Küchenfenster. Es war kein schwarzer Mercedes zu sehen.

Ich kuschelte mich in meine Decke und hoffte, die Nacht über einigermaßen schlafen zu können. Das Licht meiner Nachttischlampe knipste ich aus. Ich versuchte an etwas schönes zu denken, dabei kam mir Monique immer wieder in den Sinn bis ich eingeschlafen war.

Ein neuer Tag begann und ich hatte unheimlich gut geschlafen. Auch wenn ich am Vortag recht unheimliche Sachen erlebt hatte, war ich voller Mut und Tatendrang. Es war gerade mal 7:00 Uhr und ich eigentlich schon ausgeschlafen. Den Tag wollte ich mit einem schönen Frühstück beginnen lassen. Voller Elan verließ ich mein Bett und ging erst einmal zur Toilette. *Es reicht, wenn ich mir heute Morgen einfach wieder meinen Bademantel überwerfe.* Meine zerzausten Haare richtete ich ein wenig und band sie zu einem Zopf zusammen. Trotz meines guten Schlafes sah mein Gesicht doch recht müde aus. *Egal, das wird sich bis nach dem Frühstück schon geben.* In meinen Flip

Flops ging ich mit dem Handy in der Hand in die Küche zum Fenster um nachzusehen, ob der schwarze Mercedes wieder in unserer Straße stand. *Zum Glück, nichts zu sehen.* Mein Handy gab komische Laute von sich, das wollte mal wieder geladen werden. Ich hatte es am Vorabend vorsichtshalber mit ins Bett genommen, statt es über Nacht an das Ladekabel in der Küche anzuschließen.

Meinen Laptop holte ich mir aus dem Wohnzimmer, während der Kaffee durchlief, den ich bereits aufgesetzt hatte. Ich checkte immer morgens nochmal die Mails, bevor ich aus dem Haus ging. Ich wartete ja immer noch auf eine Nachricht von meiner Freundin aus Berlin, die mich ja auch mal wieder besuchen wollte.

Der Geruch von frischem Kaffee zog durch meine Küche, während ich vor meinem Laptop hing und darauf wartete, dass er fertig hoch gelaufen war. Ein wenig frischer Kaffee war schon in der Kanne, so dass ich mir etwas in meine Tasse eingoss. Ganz vorsichtig nahm ich den ersten Schluck Kaffee, der recht heiß war. Mein Mailaccount zeigte mir an, dass ich keine neuen Mails bekommen hatte. *Sollte es sich jetzt vielleicht mit diesem Idioten erledigt haben?*

Ich klappte den Laptop wieder zu, nahm meine

Kaffeetasse und ging ins Wohnzimmer, um mir das Frühstücksfernsehen anzumachen. So wollte ich den Tag ganz gemütlich beginnen lassen.

Ich war gespannt, was Monique mit mir vor hatte. Sie lies sich nämlich immer etwas ausgefallenes einfallen. Die Handtücher durfte ich keinesfalls vergessen.

Bevor ich Monique abholte, wollte ich ja noch zu meiner Mutter fahren und mit ihr die Gartenmöbel wegräumen. So hatte ich das wenigstens hinter mir und musste in dieser Woche an nichts mehr denken.

In der Küche piepte mein Handy, eine Nachricht war gekommen. *Ist bestimmt Monique, die schon wieder etwas neues ausgeheckt hat. Ich werde mal nachsehen.* Es war Monique, die mich daran erinnerte, dass ich die Handtücher nicht vergessen sollte. *Ach Süße, daran hab ich doch längst gedacht.* Ich schrieb ihr noch schnell und fragte sie, ob ich mir etwas sportliches anziehen kann. Denn bei meiner Mutter in Stöckelschuhen Gartenmöbel schleppen käme sicherlich nicht gut.

Es dauerte auch nicht lange und Monique hatte zurückgeschrieben, dass es eine gute Idee wäre und das sie sich auch etwas sportlich anziehen würde. Ich war gespannt, was sie vor hatte.

Mittlerweile war es kurz vor acht Uhr, so dass ich mich so langsam anziehen musste. *Bei meiner Mutter dauert es auch immer ein wenig, da kann ich auch nicht immer gleich wieder gehen.*

Ich sah nach, was ich da noch so an sportlichen Sachen im Schrank hatte. Beim Gang ins Schlafzimmer fiel mir ein, dass ich ja noch einen ganz neuen Jogginganzug haben musste. *Oh je, meinen Schlafzimmerschrank müsste ich auch mal wieder ausmisten. Da ist er ja, eine weiße Hose ohne Bündchen und ein Oberteil mit einer Kapuze dran, perfekt.* Ich zog meinen Bademantel aus und schlüpfe zuerst in meine Unterwäsche, danach in meinen Jogginganzug. Dazu zog ich ein paar weiße Sneakersöckchen und meine geliebten Sportschuhe an. Die trug ich auch immer mal gerne, um meinen Füßen ein wenig Erholung von den Stöckelschuhen zu gönnen.

So, ich bin fertig, noch mal schnell ins Bad die Zähne putzen und die Haare noch mal durchkämmen. Aus meinem Schrank im Bad nahm ich noch ein paar Handtücher und packte sie in meine Sporttasche. Noch mein Handy, Portemonnaie, Haustür- und Monique´s Autoschlüssel. *So, jetzt kann es losgehen.*

Meine Sporttasche hatte ich mir über die Schulter gehangen, öffnete etwas nachdenklich meine Wohnungstür und grübele, ob ich nichts vergessen hatte. Nein, ich schien alles zu haben, zog die Tür hinter mir zu und schloss vorsichtshalber ab.

Monique´s Auto stand in der Einfahrt vor meiner Garage. *Ich habe ihr Auto noch nie gefahren, mal sehen wie ich damit zurecht komme.* Also machte ich mich jetzt erst mal auf den Weg zu meiner Mutter.

An dem Morgen war doch schon einiger Verkehr auf den Straßen, das hatte ich nicht gedacht. Ich hoffte, dass meine Mutter auch schon wach war. Eigentlich war sie ein Frühaufsteher, aber bekanntlich gab es ja auch Menschen, die, gerade dann wenn man mal früh vor der Tür stand, den Tag ausschlafen wollten.

In meinen Sportsachen fühlte ich mich ganz anders als sonst, so dass es ein gewisser Reiz war, mal so gekleidet zu sein. Monique hatte ich bisher auch noch nicht in einem sportlichen Outfit gesehen. *Bin mal gespannt!*

Bis zu meiner Mutter war es nicht mehr weit und ich versuchte einen einigermaßen klaren Kopf zu haben, wenn ich bei ihr war. Sie bohrte immer in allen Sachen herum, wollte immer alles ganz genau wissen und sie hatte eigentlich auch immer recht, mit dem was sie sagte.

Ihr kleiner Bungalow lag in einer Seitenstraße

unweit einer schönen Parkanlage. Da sie schon seit ein paar Jahren Rentnerin war, hatte sie es sich zur Lebensaufgabe gemacht, ihren Garten genau so zu pflegen, wie die Parkanlage, in der sie sich immer neue Inspirationen holte. Mein Vater war vor einigen Jahren gestorben, so dass sie seitdem alleine dort lebte. Da ich ein Einzelkind war, versuchte ich meine Mutter so gut es ging zu unterstützen, durfte aber dabei nicht vergessen, dass ich ein eigenes Leben hatte.

Ich war gerade in die kleine Seitenstraße eingebogen und sah wie meine Mutter dabei war, den Vorgarten umzugraben. So hatte ich mir das nicht vorgestellt, da wartete jede Menge Arbeit auf mich. Da ich Monique´s Auto hatte, konnte sie mich nicht sofort erkennen und ich fuhr mit dem Wagen direkt vor ihre Garage. Ihr Gesichtsausdruck war etwas entsetzt, weil sie weder mit mir, noch damit gerechnet hatte, dass sich einfach jemand vor ihre Garage stellte. Doch ihr Gesichtsausdruck wechselte schnell auf ein überglückliches Lächeln als sie mich erkannt hatte. Sie ließ ihren Spaten in der Erde stecken und kam freudestrahlend auf mich zu, während ich versuchte aus Monique´s Auto zu kriechen. *Mann, das ist ja schon eine kleine Klapperkiste!*

„Hallo Mama", rief ich, nachdem ich die Tür von Monique´s Wagen geschlossen hatte.
„Hallo mein Kind."

Meine Mama spurtete mir regelrecht entgegen, fiel mir um den Hals und drückte mich ohne Ende.

„Schön das du gekommen bist. Hast du frei?"
„Ja, ich bin krankgeschrieben."
„Was ist los mein Kind? Komm, lass uns rein gehen und erst einmal einen Kaffee trinken. Dann kannst du mir alles erzählen."

Meine Mutter hakte sich so wie Monique immer in meinen Arm ein und wir gingen gemeinsam ins Haus.

„Komm, setz dich, ich mache uns Kaffee."

Ich setzte mich auf den Platz, wo ich immer gesessen hatte, als ich noch bei meinen Eltern wohnte und streckte meine Beine von mir.

„Was ist los, erzähl", ermutigte mich meine Mutter.
„Ich bin im Moment ein wenig gestresst und muss einfach mal ein bisschen Energie sammeln."

„Hat es mit deiner Arbeit zu tun?"

„Nein, nicht direkt, einfach alles drum herum."

„Hast du einen Freund?"

„Mama, nein, hab ich nicht."

„Was ist es denn?"

„Och Mama, ich habe heute keine Lust auf Frage und Antwort Spiel. Ich muss mich einfach mal erholen."

„Ich sehe doch das dich etwas bedrückt."

„Wie kommst du darauf, dass mich etwas bedrückt?"

„Ich bin deine Mutter! Mir kannst du nichts vormachen."

Eigentlich wollte ich meiner Mutter nichts von den Geschehnissen der letzten Tage erzählen, aber sie hatte halt das Talent, alles aus mir herauszukitzeln. So konnte ich es nicht vor ihr verbergen und erzählte ihr von dem mysteriösen Typen und das, was passiert war. Meine Mutter war recht empört über die Dreistigkeit dieses Typen und würde diesen am liebsten zur Strecke bringen. Natürlich hatte ich ihr von Monique´s Anspielungen nichts erzählt. Ich glaubte, das würde sie nicht verstehen, wobei sie Monique auch schon als meine beste Freundin seit einigen Jahren kannte. Das wäre sicherlich zu viel gewesen.

„Mama, was müssen wir eigentlich im Garten noch alles wegräumen?"

„Nichts mehr, gestern hat mir mein Nachbar geholfen die paar Sachen wegzuräumen. Ich wusste ja nicht wann du kommst."

„Das hat sich auch kurzerhand ergeben, dass ich heute Morgen komme."

„Dann haben wir ja jetzt genügend Zeit zum Plaudern", fügte meine Mutter mit einem Grinsen hinzu.

Oh Mann, darauf hatte ich ja überhaupt keine Lust. Bis zur Verabredung mit Monique waren es noch zwei Stunden Zeit. *Ich muss mir was einfallen lassen.*

„Du Mama, ich bin noch mit Monique verabredet und muss auch bald wieder los."

„Hat sie auch frei?"

„Ja, sie ist auch krank."

„Wenn ihr beide krank seid, ist doch irgendetwas nicht in Ordnung. Also heraus mit der Sprache, was ist wirklich los?"

„Nein Mama, es ist alles OK. Ich habe dir das doch eben erst erzählt."

Ich nahm einen kleinen Schluck Kaffee aus der Tasse, die mir meine Mutter zwischenzeitig hingestellt hatte.

„Ich muss jetzt wieder los."
„Aber mein Kind, du bist doch gerade erst gekommen."

Der Gesichtsausdruck meiner Mutter hatte schlagartig von Neugierig auf Enttäuschung umgeschaltet. Natürlich wäre ich gerne noch dort geblieben, aber die dauernde Fragerei ging mir auf den Keks.

„Ich muss Monique abholen und vorher noch ein paar Dinge erledigen."
„Schade mein Kind, du hättest auch zum Mittagessen bleiben können."
„Ein anderes mal gerne Mama, dann habe ich auch ein bisschen mehr Zeit. Ich muss jetzt los."

Meine Mutter begleitete mich zur Haustür und umarmte mich ganz warmherzig.

„Tschüss mein Kind, fahr vorsichtig."
„Muss ich ja, ist Monique´s Wagen, mit dem ich hier bin."
„Ach so, hatte mich schon gewundert."
„Tschüss Mama."

Nichts wie rein in Monique´s Auto und schnell weg. Das war mir wieder mal zu anstrengend mit meiner Mutter. In meiner Eile hatte ich noch nicht einmal den Kaffee ausgetrunken. *Aber egal, ich fahre dann mal wieder zu ihr, wenn sich die Situationen um mich wieder beruhigt haben.* Meiner Mama winkte ich noch kurz zu und fuhr aus ihrer Einfahrt über die Seitenstraße bis hin zur Kreuzung, wo ich erst einmal überlegte, was ich noch mache, bis ich Monique abholen konnte. Gerade war ein schwarzer Mercedes an mir vorbeigefahren. Nein, das konnte nicht sein. Jetzt wurde ich schon nervös, wenn ich nur einen solchen Wagen sah. *Mann, davon gibt es tausende.*

Meinen Kopf hatte ich auf das Lenkrad gelegt und meine Augen waren geschlossen. Mir schossen schon wieder die merkwürdigsten Dinge durch den Kopf. Es wurde Zeit, dass wir diesem Typen das Handwerk legten, bevor ich anfing, durchzudrehen.

Hinter mir hupte es, ich musste weiterfahren um nicht noch mehr Verkehr aufzuhalten. Ich fuhr rechts herum ohne zu wissen, wo ich hin wollte, denn Monique wohnte genau in die andere Richtung. Im Moment konnte ich nicht wenden oder drehen so dass ich beschloss, in eine Drogerie hier in der Nähe zu fahren, um mir einen neuen Nagellack für meine Zehennägel zu holen. Die sahen ja nicht mehr schön aus und mussten mal wieder raus geputzt werden.

Es dauerte eine wenig, bis ich mich durch den Verkehr gewühlt hatte und an der Drogerie ankam. *Mann, ist das hier voll.* Auf dem Parkplatz war nur noch eine Parklücke frei, dass sollte meine sein. Ich gab kurz Gas, denn auf der anderen Seite des Parkplatzes hatte es wohl noch jemand auf den Parkplatz abgesehen.

Doch ich war schneller als mein Kontrahent und stand zuerst in der Parklücke. *Glück gehabt!*

Vom Frage und Antwortspiel meiner Mutter erholt ging ich in die Drogerie, um mir ein wenig die Zeit zu vertreiben und mir den neuen Nagellack zu holen. Während ich durch die Gänge ging sah ich einen Mann an einem Regal stehen. *Es könnte Mario sein!* Schnellen Schrittes versuchte ich dem Herrn näher zu kommen.

„Hallo Mario", rief ich voller Elan und der Herr drehte sich zu mir um.

Mit etwas verdutztem und beschämenden Gesichtsausdruck schaute mich der Herr an. Es war Mario, den ich wohl gerade beim Kauf von Kondomen gestört hatte. Es ist ja nichts dabei, aber anscheinend war es ihm peinlich.

„Hallo Janine, was machst du denn hier?"
„Ich bin wahrscheinlich aus dem selben Grund hier wie du."

Dabei musste ich ein bisschen Grinsen, weil Mario immer noch verkrampft eine Packung Kondome in der Hand hielt und sich aus dieser Situation nicht zu retten wusste.
„Was hast du da in der Hand? Zeig mal."

Ich wusste ja was er in der Hand hielt, doch er sollte es mir zeigen.

„Ich habe..., ich wollte gerade...", stotterte sich Mario einen ab.

Mir machte das Spiel mit ihm Spaß und ich nutzte seine Verlegenheit in diesem Moment regelrecht aus. Mann, war ihm das peinlich! *Aber ich werde ihn jetzt erlösen.*

„Ich habe dich gestern Abend angerufen, da war nur die Mailbox dran."
„Gestern? Ach da war ich mit meinem Kumpel unterwegs und hatte die Box eingeschaltet."
„Ich hatte gestern ein unheimliches Verlangen mit dir zu reden."
„Tut mit leid, ich wusste ja auch nicht, dass du es warst, die angerufen hat."

„Was machst du jetzt noch?", fragte ich ihn ganz erwartungsvoll.

„Ich muss jetzt noch arbeiten."

„Ach Fliesen legen, oder wie?"

„Ja, ich muss noch zu einem Kunden wegen einem Angebot."

„Und dazu braucht man Kondome?"

„Mmm, ja, die braucht man ja immer mal. Ich muss jetzt auch weiter, Termin und so."

„OK, du hast ja jetzt meine Nummer, melde dich mal."

„Mache ich, Tschau."

„Tschau Mario."

Der hatte es aber eilig, dort weg zu kommen. *Warum war er so komisch und warum war ihm die Situation so unangenehm?*

Ich machte mich auf die Suche nach einem neuen Nagellack. Die vielen verschiedenen Rottöne machten mir meine Entscheidung schwer. *Eigentlich könnte ich auch gleich mehrere mitnehmen, dann habe ich immer welche zur Auswahl zuhause.* Also packte ich gleich mal vier verschiedene in mein Körbchen. Wo ich gerade dort war, konnte ich ja auch gleich noch Duschzeug und was für die Haarpflege mitnehmen.

Während ich vor dem Regal mit dem Duschzeug stand fiel mir auf, dass ich mich eigentlich nie so intensiv um meine Füße gekümmert hatte. Nägel lackieren und das war es. *Vielleicht sollte ich hier mal nachschauen, was es da so für Mittel gibt.* Ich packte verschiedenes Duschzeug, Shampoo und Haarspülung ein und suchte nach entsprechenden Pflegemitteln für meine Füße. *Warum komme ich auf einmal auf solche Gedanken? Hat das etwa was mit Monique zu tun?*

Zwei Regale weiter hatte ich etwas gefunden, dass meine Füße schön weich machen sollte. Davon hatte ich mir gleich zwei Tuben mitgenommen. *Bin mal gespannt, ob das wirklich hilft.*
Nun hatte ich genug in meinem Korb und ging zur Kasse. Wie immer standen dort schon wieder einige, die bezahlen wollten. Ich verstand nicht, warum diese Läden immer nur eine Kasse geöffnet hatten. Da war doch genügend Kundschaft.
Während ich an der Kasse stand konnte ich einen jungen Mann beobachten, der als in dem Gang wo die Strumpfhosen und Strümpfe hingen, hin und her lief. Er machte einen sehr nervösen Eindruck. Es schien mir so, als wollte er Damenstrümpfe kaufen, traute sich aber nicht, sie dort wegzunehmen. Wahrscheinlich hatte er bemerkt, dass ich ihn beobachtete und

war deshalb so feige. War doch nichts dabei, ob er sie nun für seine Frau kaufte oder ob er selber Spaß damit hatte. *Jedem das seine!*
Ich war selbst über mich verwundert, dass ich auf einmal so locker damit umging. Das sah vor ein paar Tagen noch ganz anders aus.
Es war mittlerweile mehr als eine viertel Stunde vergangen und die Kassiererin hatte wieder alles zu bieten was ging. Zuerst war mal wieder die Kassenrolle leer, danach kannte jemand mal wieder seinen Pin für die Karte nicht und kurz vor mir hatte die Kassiererin noch Kommunikationsschwierigkeiten mit einer Mitbürgerin. Also kurz um, dass volle Programm!
Endlich konnte ich meinen Korb leeren und meine neu erworbenen Pflegemittel bezahlen. Tüte auf und alles hinein, fertig. Ich brachte meine Tüte erst einmal ins Auto und wollte anschließend in dem Cafe´ gegenüber noch gemütlich einen Cappuccino trinken, bevor ich mich auf den Weg zu Monique machte. Ich hatte noch eine gute halbe Stunde Zeit.

Das Cafe´sah ganz nett aus. Ich hatte einen schönen Platz in einer Ecke gefunden, wo ich gemütlich meinen Cappuccino trank. Von hier aus konnte ich die Leute beobachten und mir dabei ein wenig die Zeit vertreiben. Da war auf einmal wieder der junge Mann, der die Strümpfe kaufen wollte. Anscheinend hatte er sich nicht getraut, etwas zu kaufen. Zumindest hielt er nichts in der Hand, was darauf deutet. Eine junge gutaussehende Frau kam auf ihn zu und sprach ihn an. Sie schienen irgendetwas auszutauschen. Er hatte aus seiner Jackentasche etwas herausgeholt und ihr gegeben. Im Gegenzug bekam er von ihr eine kleine durchsichtige Tüte mit Inhalt. *Das könnten Nylonstrümpfe sein, zumindest der Farbe nach.* Schnell steckte er sich das Tütchen in seine Jackentasche und verabschiedete sich ganz flott von der Frau. Ich hatte vermutet, dass er sich von der Frau getragene Strümpfe besorgt hatte. *Ist ja interessant!*

Das lies in mir auch schon wieder die Gedanken aufkommen, wie mich Monique´s Spiel mit ihren bestrumpften Zehen ganz wuschelig gemacht hatte. *Was ist nur so interessant an dem Thema, dass sich so viele Menschen dafür begeistern?*

Ich saß noch ein wenig verträumt dort und genoss die Momente, die sich in diesem Café abspielten. Voller Erwartung, was Monique mit mir vor hatte, machte ich mich so langsam auf den Weg zu ihr. Sollte ich ein wenig früher dort sein, würde sie es mir sicherlich verzeihen.

Der Verkehr hatte sich ein wenig gelegt und auf den Hauptstraßen kam man ganz gut durch die Stadt, so dass ich wirklich zehn Minuten vor zwölf bei ihr vor dem Haus stand. Ich wollte ihr noch ein wenig Zeit geben, bevor ich ihr schrieb, dass ich da war.

Meinen Kopf legte ich zurück an die Kopfstütze und schloss meine Augen. Ich versuchte ein wenig zu entspannen, auch wenn laufend irgendwelche Passanten an Monique´s Auto vorbei gingen. Das störte mich nicht im geringsten und ich machte mir Gedanken darüber, warum Mario so komisch war. Wir hatten doch zusammen etwas tolles erlebt. *Warum war er vorhin so abweisend zu mir?*

Meine Gedanken fanden aber auch den Weg zu Monique und ich fragte mich, was sie mit mir vor hatte und was sie für Klamotten tragen würde. Eigentlich kannte ich sie nur in Strumpfhosen und ihren offenen Riemchen Schuhen. Und wieder war ich bei dem Thema angekommen, so dass mir schon wieder Monique´s Füße durch den Kopf gingen. *Was ist eigentlich los mit mir?*

In diesem Moment riss jemand die Beifahrertür auf und ich zuckte dermaßen zusammen, so dass mein Blutdruck mal wieder in die Höhe schoss.

„Hi Schnucki", rief jemand. Es war Monique die mich aus meinen Gedanken holte.

„Hi Süße, warum musst Du mich so erschrecken?"

Monique war bereits in ihr Auto eingestiegen und wie immer bester Laune. Ihre Sporttasche hatte sie nach hinten auf den Rücksitz geworfen.

„Ich habe dich schon kommen sehen und Andreas wollte auch gerade weg, so dass wir zusammen nach unten gegangen sind."

„Wo ist Andreas jetzt? Ich dachte du stellst ihn mir mal vor."

„Er hat sich nur kurz verabschiedet und ist dann gefahren."

„Was machen wir denn heute?", fragte ich Monique, die sich gerade anschnallte.

„Wir haben gleich einen Termin zur Massage."

„Zur Massage?", fragte ich.

„Fahr los, sonst werden wir nicht pünktlich da sein."

„Wo müssen wir eigentlich hin?"

„In die alte Hauptstraße, in die Nähe vom Einkaufszentrum."

„OK, dann wollen wir mal."

Wir brauchten ca. eine halbe Stunde, bis wir

dort waren. Monique sah etwas verändert aus. In so einem sportliche Outfit hatte ich sie noch nie gesehen. Sie trug einen Trainingsanzug in grau und echt geile Sportschuhe, die mir unheimlich gut gefielen.

„Und, hatte Andreas wenigstens genügend Zeit für dich?"
„Er kam recht spät heute, aber für ein Quickie hat es noch gereicht."

Monique grinste mich ganz verschmitzt an als wollte sie damit sagen, dass sie noch nicht genug hatte.

„Warum war Andreas so spät?"
„Hat er nicht gesagt, muss er ja auch nicht. Hauptsache ist, dass er da war."
„Schade, dass er so schnell weg war, ich hätte ihn gerne mal kennen gelernt."
„So so, warum denn das?"
„Na so wie du mir immer von ihm vorschwärmst."
„Eigentlich könnten wir ihn ja auch mal zusammen vernaschen", schlug mir Monique vor und grinste wieder so verführerisch dabei.
„Ich weiß nicht, so etwas habe ich noch nie gemacht."

Monique schien mir etwas lockerer zu sein als ich. *Hatte sie das jetzt nur so dahin gesagt, oder meinte sie das wirklich ernst?* Ich hatte bisher weder einen dreier noch hatte ich etwas mit einer Frau gehabt. Der Gedanke daran machte mich schon wieder unheimlich heiß und es war eigentlich nicht der richtige Zeitpunkt, während der Autofahrt an so etwas zu denken.

„Was ist los Schnucki? Warum bist du auf einmal so ruhig?"
„Ich mache mir gerade so meine Gedanken."
„Beunruhigt es dich, wenn ich so offen rede?"
„Ja, ein wenig."

Monique legte ihre linke Hand auf mein rechtes Bein und schaute mir tief in die Augen, während mein Blick für einen Moment die Straße verließ.

„Schnucki, sei doch nicht so verkrampft. Sehe das Leben doch mal ein wenig lockerer."
„Im Moment kann ich nicht locker sein."
„Warum nicht?"
„Du machst laufend so Andeutungen und dann ist da ja noch der Wahnsinnige, der mich beschäftigt. Wie soll ich da locker sein?"
„Ich bin mir sicher, dass du heute Abend etwas entspannter bist."

„Warum?"
„Wirst du gleich sehen."

Ich stellte Monique´s Auto auf dem Parkplatz des Einkaufszentrums ab. Hier gab es genügend Parkplätze und wir brauchten nur ein paar Meter bis zur Massagepraxis laufen. Wir hatten unsere Sporttaschen aus dem Auto geholt und gingen die wenigen Meter über den gut gefüllten Parkplatz.

„Heute lassen wir es uns mal richtig gut gehen", sagte Monique und hakte sich grinsend in meinen Arm ein.

Wir beide gingen etwas komisch in den flachen Sportschuhen. Eigentlich waren wir nur Absatzschuhe gewohnt. *Es ist zwar mal eine Erholung für unsere Füße, aber das Gehen auf hohen Schuhen sieht doch schon etwas ästhetischer und sexy aus.*

„Es ist ewig her, dass ich zur Massage war", sagte ich zu Monique.
„Du wirst sehen, dass es dir gut tun wird. Ich habe uns für eine Ganzkörpermassage angemeldet."

Wir mussten nur noch über die Straße und

schon standen wir vor dem Massagesalon. Von außen machte es einen sehr seriösen Eindruck. *Mal sehen wie es drinnen aussieht.* Zusammen gingen wir fast ebenerdig in den Salon. Dort herrschte eine gemütliche Atmosphäre und es duftete nach verschiedenen Ölen.

Mit einem „Hallo", begrüßten wir die Dame, die vorne am Empfang hinter dem Tresen stand.

„Hallo und Herzlich Willkommen", begrüßte uns die junge Frau.
„Wir haben für 12:30 Uhr einen Termin zur Ganzkörpermassage."
„Ach hier, ich sehe schon. Die Massage mache ich mit einer Kollegin zusammen. Ist es ihnen recht, dass sie beide zusammen in einem Raum sind?"
„Ja", antwortete Monique. „Das hatte ich extra so gebucht."

Ich hatte zwar kein Problem damit, aber meine Freundin hätte mich ja auch mal fragen können.

„Möchten sie gleich bezahlen oder hinterher?"
„Nein, ich bezahle das gleich."

Monique kramte ihr Portemonnaie aus ihrer

Sporttasche und bezahlte mit ihrer Scheckkarte.

„Haben sie Handtücher mitgebracht?"
„Ja, haben wir", antworteten wir fast gleichzeitig.
„Dann kommen sie bitte durch, ich zeige Ihnen wo sie hin müssen."

Die Dame führte uns in einen Raum, wo zwei Massagebänke nebeneinander standen. Ich hörte ganz leise Musik in einem Raum, der durch ein angenehmes Raumklima für ein entspanntes Ambiente sorgte. Man hatte Kerzen und Duftlampen aufgestellt und es kam mir so vor, als hätte Monique das vorher so abgesprochen.

„Hier können sie sich ausziehen und dort in dem kleinen Schrank ihre Sachen aufhängen. Dann legen sie sich bitte ein Handtuch um. Wir kommen dann gleich."

Das ich mich mit Monique so direkt in einem Raum auszog, hatte ich bisher auch noch nicht erlebt. Wir waren zwar öfters mal zusammen in der Sauna, aber da zog sich jeder in seiner Kabine um und unter der Dusche war es auch ein ganz anderes Gefühl. Da wusste ich auch noch nicht, dass Monique auf mich stand.

„Dann wollen wir uns mal nackig machen", sagte Monique, und grinste wieder.

Monique war etwas schneller als ich, zog zuerst ihre Jacke aus und hängte sie in den Schrank. Ich sah ihr dabei zu, wie sie aus ihren Sportschuhen schlüpfte. Sie trug schwarze Sneakersöckchen, was mich ein wenig erstarren ließ, weil ihre Füße darin sehr schön geformt aussahen.

„Was ist los? Ausziehen", forderte mich Monique auf.

Sie hatte bemerkt, dass ich ihr zusah. Mich machte der Anblick heiß und ich hätte ihr stundenlang dabei zusehen können, wie sie sich auszog. Sie hatte ihre Sachen so schnell von sich geworfen, das sie nur noch in ihren Söckchen vor mir stand. Ihr schien es zu gefallen, dass ich ihr so intensiv dabei zusah.

„Was ist? Runter mit dem Klamotten", forderte mich Monique erneut auf, während sie noch gekonnt ihre Söckchen auszog und in den Schrank warf.

Ich begann meinen Kapuzenpullover auszuziehen, während Monique sich ihr Badetuch umwickelte und mir beim Ausziehen zusah.

„Eben hast du mir zugeschaut und jetzt schaue ich dir zu."

Monique schien es zu genießen.

Auch ich hatte nur noch meine Söckchen an und versuchte gerade sie mir auszuziehen, als Monique ein paar Schritte auf mich zu kam.

„Mir gefällt was ich sehe."
„Was meinst du?", fragte ich ganz nervös nach.
„Eine nackte Frau, die in weißen Sneakersöckchen vor mir steht, macht mich unheimlich heiß."

Ich wusste mal wieder nicht, wie ich mit der Situation umgehen sollte. Zum Glück kamen gerade die zwei jungen Frauen hinein, die uns massieren wollten. Ich streifte mir noch kurz meine Söckchen ab und warf mir mein Handtuch über.

„So, sie dürfen sich jetzt auf den Bauch legen. Wir werden sie dann mit ihren Handtüchern abdecken."

Monique legte sich auf die linke Bank und ich mich auf die rechte. Dabei ließ sie keinen Blick von mir weichen. Die beiden Frauen Yvonne und Maria deckten uns mit unseren Badetüchern ab.

„So, genießen sie jetzt einfach die Massage, es wird Ihnen gefallen."

Monique und ich hatten den Kopf so gedreht, dass wir uns während der Massage ansehen konnten. Maria war meine zuständige Masseurin. Ich merkte, wie sie ganz sanft damit begann, meine Füße einzuölen. Jede Hand massiert dabei eine Fußsohle, sowie Zehen und Spann in kreisenden und druckhaften Bewegungen. Das tat unheimlich gut und fühlte sich entspannend an. Ich hatte immer gedacht ich sei kitzelig, aber in diesem Moment schien es nicht so zu sein. In Monique´s Gesicht sah ich Entspannung, denn sie hatte bereits ihre Augen geschlossen und genoss die Fußmassage in vollen Zügen. Für mich war es etwas neues, aber sehr schön, so dass ich auch begann, es zu genießen.
Maria deckte nach einer gewissen Zeit meine beiden Waden frei und begann dort ihre Arbeit

fortzusetzen. Ich hatte mich noch nie so gut gefühlt wie in dem Moment. Maria strich und knetete meine Waden ausgiebig, bevor sie meinen rechten Oberschenkel von meinem Handtuch befreite. Nun erfolgte die Massage mit beiden Händen von der Beuge bis hin zum Gesäß, was mir schon wieder heiße Phantasien in den Kopf kommen ließ. *Das könnte stundenlang so weitergehen.* Monique war unterdessen ganz weggetreten und genoss die Massage ohne Ende.

Maria bedeckte meine Beine wieder und machte meinen Rücken frei. Meinen Kopf musste ich nun mit dem Gesicht nach unten legen. Nun erfolgte eine ausgiebige Massage des gesamten Rückenbereichs, über die Schultern bis hin zum Nacken. Meine Arme hatte ich dabei neben mir liegen. Anschließend erfolgten kräftige Streichungen entlang der Arme bis zu den Handflächen. Zum Abschluss wurde mein ganzer Körper abgedeckt und von den Füßen bis zu den Armen langsam mehrmals ausgestrichen.

Die beiden Frauen hatten fast synchron gearbeitet, so dass wir uns gleichzeitig auf den Rücken legen sollten. Sie nahmen ein wenig Öl nach und begannen uns wieder die Füße zu massieren. Dabei sah ich Monique wieder direkt in die Augen und es kam mir so vor, als würde sie es unheimlich geil machen, wenn man ihre Füße massierte. Alleine der Gedanke daran, löste in meinem Schoß ein leichtes Kribbeln aus.

Gut das mein Schambereich abgedeckt war, denn Maria arbeitete sich über die Schienbeine hoch zu meinen Oberschenkeln, was beim leichten Berühren der Innenseiten mein Kribbeln im Schoß enorm steigerte. Monique´s glasiger Blick verriet mir, dass es ihr genau so ging wie mir. Immer mehr bekam ich das Verlangen, dass Monique mich berührte.

Mit sanften und ruhigen Bewegungen umkreiste Maria nun mit ihren Händen mehrmals meinen Bauchnabel, bevor sie begann, mit gleichmäßigen Bewegungen meine Brüste zu umkreisen. Das fühlte sich gut an und rief nach einem Verlangen, das ich noch vor ein paar Tagen nicht kannte. Die Arme wurden wieder von den Schultern her aus ausgestrichen.

Maria und Yvonne nahmen nun auch das Handtuch über unserem Schambereich weg und begannen damit, zuerst unsere rechte Körperhälfte und danach die linke auszustreichen. *Was für ein Gefühl!*

„So, wir sind fertig. Wir hoffen, das es ihnen gefallen hat und das sie uns mal wieder besuchen kommen."

„Das machen wir gerne", antworteten wir fast gleichzeitig.

„Sie können jetzt ganz in Ruhe duschen und sich anziehen, dafür haben sie noch eine halbe Stunde Zeit. Einen schönen Tag noch und vielen Dank, das sie unsere Gäste waren."

„Vielen Dank", antwortete Monique, die sich gerade auf die Kante der Massagebank setzte.

Ich richtete mich ebenfalls über die Seite auf, so dass ich Monique gegenüber saß.

„War das nicht geil?", fragte mich Monique.

„Ja, das sollten wir öfters mal machen."

„Komm, lass uns duschen."

Monique stieg von der Massagebank, holte sich ihr Duschzeug aus ihrer Tasche und ging vor in Richtung Dusche, die im selben Raum nur durch eine Glasscheibe abgetrennt war. Ich konnte meine Blicke nicht von ihr lassen und ging hinterher. Monique, die bereits in der Dusche stand, forderte mich auf:

„Komm rein."

Sie hatte bereits damit angefangen sich einzuseifen, machte sich noch ein bisschen Seife in die Hand und stellt die Flasche wieder auf die Ablage. Dabei schaute sie mich mit gesenktem Kopf an.

„Komm, ich möchte dich einseifen."

Ohne Worte und voller Erwartung ging ich noch einen Schritt auf Monique zu, so dass sie meinen Körper mit ihren Händen erreichen konnte. Ganz sanft begann sie meine Brüste einzuseifen und hatte dabei ihren verführerischen Blick und ein leichtes Grinsen aufgelegt. Während sie mit ihren Daumen leicht meine Brustwarzen stimulierte, wagte ich es, mit meinen Händen zunächst ihre Arme und dann ihren Körper zu berühren. Es fühlte sich gut an und ich konnte der Situation nicht widerstehen und begann Monique zu küssen. Sie erwiderte meine Küsse und wir streichelten uns zunächst nur an den Brüsten und an unserem Po. Das Wasser prasselte auf uns nieder, während wir in einem Strudel des gegenseitigen Verlangens versanken. Doch Monique unterbrach die Küsse.

„Lass uns nachher zu dir fahren. Ich habe noch etwas vor mit dir", hauchte mir Monique ins Ohr.

„OK", sagte ich auch wenn mein Herz

ungemein pochte. Vielleicht war es auch besser so, dass wir hier nicht gerade zur Sache kamen. *Wer weiß, wer da jederzeit reinkommen kann.*
So ließen wir voneinander ab, duschten und sahen, dass wir zügig nachhause kamen.
Meine Haare hatte ich bereits geföhnt und zwischen Monique und mir bestand immer noch ein großes Verlangen. Laufend trafen sich unsere Blicke, während wir uns wieder anzogen und auch mein Verstand sagte mir, das es richtig war, was ich nachher tun wollte.
Unsere Taschen hatten wir gepackt, so dass wir es enorm eilig hatten, dort raus zu kommen. Wir verabschiedeten uns noch kurz im Vorbeigehen am Tresen und verschwanden schnell in Richtung Auto.

„Ich habe uns noch einen Termin gemacht", beichtete mir Monique, die mir mitteilen wollte, dass wir noch nicht zu mir fahren würden.

„Was für einen Termin?"
„Siehst du gleich, die Taschen stellen wir jetzt erst mal ins Auto."

Während wir unsere Taschen in den Kofferraum ihres Autos stellten, machte sich wieder ihr Grinsen breit. *Was führt sie nur wieder im Schilde?*

Monique ging mit mir in die Passage des Einkaufcenters, gerade durch, bis fast zum Ende der Passage.

„Wo gehen wir hin?.“

„Ganz am Ende hat ein neues Wellness Studio eröffnet. Dort gehen wir jetzt hin.“

„Aber da waren wir doch gerade.“

„Stimmt, aber die werden sich noch mal ganz intensiv um unsere Füße kümmern.“

Ich war doch ein wenig sprachlos, damit hatte ich nicht gerechnet.

„Und was machen die dort?“

„Die werden uns hier unsere Nägel machen und unsere Füße pflegen, damit sie immer so schön bleiben.“

„Na da bin ich ja mal gespannt.“

Monique ging vor in den neu eröffneten Laden.

„Hallo Heike.“

„Hallo Monique.“

Monique drückte die Angestellte, als ob sie sich schon länger kennen würden.

„Heike, hast du alles vorbereitet?“

„Ja habe ich, ihr könnt direkt hier vorne Platz

nehmen. Soll ich euch einen Prosecco bringen?"
„Sehr gerne."

Mir schien es, als hätte Monique das alles schon geplant und abgesprochen. Wir nahmen beide auf einem Drehstuhl vor einem Becken platz, wo wir zuerst unsere Füße baden sollten. Monique hatte nach der Massage gar nicht erst ihre Söckchen angezogen, sie wusste ja, was noch kommen würde. So schlüpfte sie aus ihren Schuhen, während ich noch meine Söckchen auszog und sie beiseite legte. Das Wasser für das Fußbad lief gerade in unsere Becken.

„So, hier sind eure Prosecco, zum Wohl ihr beiden."
„Zum Wohl", antworteten wir.

Ich stieß mit meiner Freundin auf einen tollen Tag an, der mich von dem verrückten Typen ablenkte und mir vielleicht noch etwas ganz besonderes bescherte.

„Ihr könnt eure Füße jetzt in die Becken stellen und baden. Genießt die Zeit."

Wir schauten uns gegenseitig zu, wie unsere

Füße ein wenig in dem Wasser planschten. Sauber waren sie ja eigentlich und verschwitzt nach der Massage schon gar nicht.

„Ich will doch das unsere Füße schön aussehen", sagte Monique und prostet mir erneut mit einem Grinsen zu.
„Was hast du vor?"
„Wirst du später sehen."

Wir beide entspannten erst einmal in unseren großen Stühlen. *Was wäre wohl passiert, wenn Monique das vorhin nicht abgebrochen hätte. Ich war so drauf und dran mich darauf einzulassen. Was hat sie nur vor?*
Nach einem ausgiebigen Fußbad konnten wir unsere Füße aus dem Becken nehmen und bekamen sie gekonnt von zwei netten jungen Frauen abgetrocknet.

„Sie können sich jetzt einfach um 180 Grad mit dem Stuhl drehen und dann geht es weiter."

Auf der anderen Seite hatte man schon alles vorbereitet. Nun machten sich die zwei Frauen ans Werk, um unsere Füße herzurichten. Zuerst wurde der alte Nagellack sowie die Hornhaut entfernt. Beim schneiden und feilen unserer Nägel stellten wir fest, dass unser Prosecco leer war und ließen uns neuen bringen. *Ich habe mich sonst nie so richtig um meine Füße gekümmert, aber in Zukunft werde ich regelmäßig hier hin gehen. Ist so wunderbar entspannend!*

Mittlerweile hatte man uns den Nagellack und auch eine Creme aufgetragen. Monique hatte sich für Schwarz entschieden und ich mich für Rot. Jetzt musste der Lack nur noch trocknen und wir waren fertig. So lagen wir noch ein wenig entspannt in den großen Stühlen.

„War es OK für dich?", fragte mich Monique.
„Ja, das war es. Fahren wir jetzt zu mir, oder was steht auf dem Programm?"
„Wenn du willst, fahren wir jetzt zu dir."
„Ja, lass uns nachhause fahren."

Der Nagellack schien getrocknet zu sein, so dass ich ganz vorsichtig meine   Strümpfe wieder anzog. Hinein in unsere Sportschuhe und ab ging es an die Kasse zum bezahlen. Wieder bezahlte Monique das Ganze mit ihrer Scheckkarte, anscheinend hatte sie Geld im Überschuss.
Wenn ich jetzt mit Monique zu mir nachhause fahre, weiß ich nicht was auf mich zu kommt. Na ja, eigentlich weiß ich es ja, aber aus

welcher Situation wird es entstehen?
Aus dem Wellness Studio hatten wir uns verabschiedet und waren in Richtung Monique ′s Auto unterwegs. Als wir aus der Einkaufspassage kamen, fiel mir auf dem Parkplatz wieder so ein schwarzer Mercedes auf. Entweder waren wir wieder verfolgt worden, oder das war ein ganz anderer. Egal, davon wollte ich in dem Moment nichts wissen. Monique wollte selbst fahren, eigentlich nach zwei Prosecco gar nicht so gut. Aber irgendwie mussten wir ja nachhause kommen. Ich fragte mich, warum Monique auf einmal so still geworden war. *Hatte auch sie jetzt mit der Nervosität zu kämpfen?*
Nach einer recht wortlosen Heimfahrt stellte Monique ihren Wagen wie immer in meiner Einfahrt vor der Garage ab.

„So, wir sind da."
„Ist alles OK bei dir?", fragte ich Monique.
„Natürlich, der Prosecco hat mich nur ein wenig aus der Bahn geworfen."

Monique stieg aus ihrem Auto. Dabei hörte ich einen kurzen Aufschrei.

„Was ist los?", fragte ich Monique
„Aua, ich bin gerade mit dem rechten Fuß

umgeknickt."

„Warte, ich helfe dir."

Ich stieg aus dem Wagen und Monique versuchte sich irgendwie fest zu halten.

„Wie hast du das denn geschafft?", fragte ich vorwurfsvoll nach.

„Keine Ahnung. Warte, unsere Taschen."

Nachdem ich unsere Taschen aus dem Kofferraum geholt hatte, legte Monique ihren rechten Arm über meine Schulter, um sich ein wenig abzustützen, nachdem ich die Tür ihres Autos geschlossen hatte. Es schien ihr recht weh zu tun, so vorsichtig, wie sie auftrat.. Schmerzverzerrt humpelte sie vom Auto bis vor meine Haustür.

„Sollten wir damit nicht gleich zum Arzt fahren?", fragte ich Monique, während ich meinen Haustürschlüssel in meiner Sporttasche suchte.

„Nein nein, das geht schon."

Aus meinem Briefkasten schaute Post heraus, die ich gleich mitnahm, nachdem ich die Haustür aufgeschlossen hatte.

„Geht es?", fragte ich erneut nach.

„Ja ja, nimm du mal deine Post und schließe oben auf. Ich komme die Treppe schon hinauf."

Monique ging ganz vorsichtig die Treppe hinauf während ich schon oben war und meine Wohnungstür öffnete. Ich ging schon mal vor, um unsere Taschen und die Post in die Küche zu bringen.

„Komm rein und setz dich erst einmal in meinen Sessel. Da müssen wir erst einmal nachschauen."

Während Monique noch zum Sessel humpelte zog sie ihre Jacke aus und warf sie aufs Sofa. Meinen Kapuzenpullover streifte ich mir über den Kopf ab und warf ihn hinterher.

„Setz dich und mach die Beine hoch", forderte ich Monique auf.

Monique setzte sich und hatte bereits wieder ein leichtes Grinsen im Gesicht.

„Ich muss dir den Schuh ausziehen und nachsehen."
„Ja mach schon."

Vorsichtig streifte ich Monique den weit

geöffneten Sportschuh vom Fuß. Dabei konnte ich nichts außergewöhnliches feststellen.

„Kannst du mir den anderen auch ausziehen?"

„Na klar."

Auch den anderen Schuhe zog ich ihr ganz vorsichtig aus. So nah war ich Monique´s Füßen noch nie gewesen.

„Fass sie an", forderte mich Monique auf und ich begann ihren rechten Fuß zu massieren.

„Ist das gut so?"

„Oh ja, das machst du sehr gut. Mach weiter."

Ich hatte ihr die Hosenbeine etwas hochgeschoben, so dass ich etwas besser an ihre Füße kam. Dabei versuchte ich, beide Füße gleichzeitig zu massieren. In Monique schien mir die absolute Lust aufgekommen zu sein. Das sie dabei richtig geil wurde, hatte sie mir ja schon mal gestanden. In ihren Augen sah ich wieder diesen Glanz, der nach mehr schrie. Monique stand plötzlich auf und stellte sich hin. Von ihrer Verletzung war nichts mehr zu sehen.

„Setz dich bitte", sagte sie zu mir.

Ich nahm in meinem Sessel Platz und war gespannt auf das, was nun kam. Monique stellte sich vor mich und begann ihre Hose auszuziehen. Dabei tanzte sie ein wenig und mir wurde es ganz warm um Herz. Auch ihr T-Shirt, ihren BH sowie ihren Slip hatte sie ganz schnell ausgezogen. Nun stand sie splitternackt vor mir und tanzte sich regelrecht in Rage.

Ohne ein Wort zu sagen fing sie an mir mein T-Shirt über den Kopf auszuziehen, öffnete meinen BH, so dass ihr meine strammen Brüste entgegen standen. Sie kniete sich vor mich hin und zog mir ganz behutsam meine Sportschuhe aus. Der Anblick meiner weißen Sneakersöckchen schien ihr so gut zu gefallen, das sie meine Füße ausgiebig massierte. Ich hob meinen Po, damit sie mir meine Sporthose und meinen Slip ausziehen konnte. Nun hatte ich nur noch meine Söckchen an und hatte meine Beine ein wenig angewinkelt, so dass sie Einblick auf das hatte, was zwischen meinen Beinen war. Sie stellte sich neben mich und begann mich ausgiebig zu küssen. Dabei wanderte ihre Hand zwischen meine Beine, die immer noch etwas gespreizt und angewinkelt waren. Ich zuckte regelrecht zusammen, als sie die richtige Stelle an meinem Körper gefunden hatte und ich stöhnte meine Lust ungehemmt heraus. Meine rechte Hand hatte Monique´s empfindliche Brust gefunden, so dass auch sie begann, ihre unaufhaltsame Lust zu zeigen. Das innige Küssen sowie das zarte streicheln ihrer Hände ließ mich explosiv werden und ich hatte ein unheimliches Verlangen nach mehr. Monique nahm meine Hand und bat mich ihr zu folgen. Sie ging vor in mein Schlafzimmer und ich konnte dem Anblick ihres wohlgeformten Po´s nicht widerstehen. Ich wusste im Moment nicht so richtig was mit mir los war, meine Freundin brachte mich um den Verstand. Ich legte mich auf mein Bett und schaute Monique ganz tief in die Augen, während sie sich verkehrt herum in mein Bett legte und mir ihre Füße entgegen streckte. Unaufhaltsam begann sie mir meine Söckchen von den Füßen abzustreifen. Nach einem leichten massieren küsste sie meine Füße ganz liebevoll. Wieder berührte ich Monique´s Füße, die sehr weich waren und   sehr schön aussahen. Monique streichelte die Innenseite meines linken Beines während ich mein anderes Bein anwinkelte, damit sie wieder Einblick in meinen Schoß bekam. Auch sie öffnete ihre Beine, so dass ich zum ersten mal dem Intimbereich einer Frau so nahe war. In unseren Augen sahen wir beide unsere Lust und fingen an, etwas schneller zu atmen. Monique richtete sich auf und begann damit, meinen Körper mit unzähligen Küssen zu übersäen. Meine Lust steigerte sich nochmals und ich konnte es nicht erwarten, dass sie mich zu Höhepunkt brachte. Monique hatte sich über mich gebeugt und war an meiner Brust angelangt. Sie saugte ganz zart an meinen Brustwarzen und mir zuckte es wieder wie bei einem Stromschlag durch meinem ganzen Körper. Ihre Hand führte sie direkt zwischen meine Beine und ich merkte, wie auch sie darauf wartete, dass ich sie zwischen ihren Beinen berührte. Etwas zaghaft ertastete ich zunächst wieder ihre Brüste, die genau vor mir hingen und dabei steigerte sich auch ihre Lust ungemein. Monique beugte sich verkehrt herum über mich, so dass ich ihr Paradies direkt vor mir hatte. Ich berührte sie ganz vorsichtig und sie zuckte genau wie ich, als ich ihre empfindliche Stelle gefunden hatte. Wir beide streichelten uns in Ekstase und stöhnten dabei unsere Lust ungehemmt heraus. Ich hatte alles um mich herum vergessen und es war, als wenn ich total neben mir stehen würde. Mein ganzer Körper vibrierte und ich konnte es kaum erwarten meinen Höhepunkt zu bekommen. Auch Monique war völlig außer sich und genoss unsere gegenseitigen Berührungen. Das brachte uns fast gleichzeitig zum Höhepunkt und wir schrien dabei unsere Lust regelrecht heraus.

Nach einem kurzen Moment war alles vorbei und Monique kuschelte sich neben mich. Noch immer atmeten wir beide schnell und versuchten, wieder etwas herunter zu kommen. Meine Augen waren geschlossen und ich spürte sanfte Küsse auf meinen Mund und ein leichtes Streicheln auf meiner Schulter. Ich versuchte meine Bettdecke ein wenig über uns zu ziehen, weil mir jetzt doch ein bisschen kalt wurde.

Ich hatte nie gedacht, dass ich mal etwas mit einer Frau haben könnte. Doch bei Monique war das anders. Sie hatte mich in den letzten Tagen neugierig gemacht. *Für mich war es ein tolles Erlebnis und ich bin ehrlich gesagt nicht davon abgeneigt, öfters mal mit Monique Sex zu haben.* Aber mit Mario wollte ich mich hin und wieder auch mal treffen, das sollte aber auch noch möglich sein. Ich war gespannt, wie Monique das sehen würde, die gerade neben mir eingeschlafen war. Meine Augenlider wurden ganz schwer und ich versuchte auch ein wenig zu schlafen.

Mein Gott, es war schon 21.30 Uhr. Ich hatte aber doch ganz gut geschlafen. Monique lag neben mir und schlief noch tief und fest. Ich hatte Durst und wollte erst einmal etwas trinken. Vorsichtig versuchte ich mich von Monique zu lösen, die mich fest in ihren Armen hielt. Die Bettdecke hatte ich beiseite gezogen und stand über die rechte Seite des Bettes auf. Ich fühlte mich irgendwie erleichtert, aber dennoch auch etwas anders. *War das vorhin alles richtig gewesen?*

Ich hatte mir meinen Bademantel übergezogen und ging in die Küche. Im Kühlschrank musste eigentlich noch eine angefangene Flasche Wein sein. Zuerst trank ich aber einen Schluck Wasser, bevor ich mir einen Wein einschenkte. *Den brauche ich jetzt.*

Mit dem Weinglas in der Hand schaute ich zunächst aus dem Fenster. Da draußen war alles ruhig, bis auf das es regnete. Meine Gedanken beschäftigten sich gerade damit, wie alles begonnen hatte. So nahm ich nach und nach einen kleinen Schluck Wein nach dem anderen.

Neben mir lag noch die Post, die ich vorhin mit hoch gebracht hatte. *Vielleicht sollte ich sie mal öffnen.* Es stand kein Absender drauf, so dass ich dachte, dass es wieder Werbung sei. *Ein gepolsterter Umschlag, ich hatte nichts bestellt.* Mein Weinglas hatte ich abgestellt und öffnete den Umschlag an der verklebten Lasche. Ich griff hinein und fühlte etwas weiches zwischen meinen Fingerspitzen. Beim herausziehen sah ich, dass es meine Strümpfe waren, die man mir hier in der Wohnung geklaut hatte. Irgendwie war ich ganz entspannt dabei und lies sie auf meiner Anrichte liegen. Bei nochmaligen hinein fassen fand ich noch einen Zettel auf dem stand:

Ich hatte sehr viel Spaß mit deinen Strümpfen. Danke das ich sie haben durfte.

Dein alter Freund Anonymous

Endlich hatte ich den Typen mal für ein paar Stunden aus meinem Gedächtnis verbannt, hatte er mich auch schon wieder eingeholt. Ich griff nach meinem Weinglas und nahm einen kräftigen Schluck.

„Alles OK?", fragte mich Monique, die hinter mir in einer Decke eingehüllt stand und ihre rechte Hand auf meine Schulter legte.
„Der Kerl hat mir meine Strümpfe wieder gebracht."
„Das meine ich nicht. Wie fühlst du dich?"
„Soweit gut."

Ich stellte mein Weinglas ab und Monique drehte mich zu sich herum, drückte mir einen Kuss auf den Mund und legte ihr Grinsen wieder auf.

„Es hat mir sehr viel Spaß mit dir gemacht. Vielleicht sollten wir es öfters tun", hauchte mir Monique mit sanfter Stimme ins Ohr.

„Ich fand es auch sehr aufregend mit dir. Ich habe das nie für möglich gehalten."

„Was hast Du nie für möglich gehalten?"

„Das ich mal etwas mit einer Frau habe, und schon gar nicht mit dir."

Monique nahm sich ein sauberes Glas aus dem Schrank und schenkte sich ebenfalls Wein ein.

„Schnucki, lass uns anstoßen. Prost."

„Prost Süße."

Ein heller Ton erklang als sich unsere beiden Gläser trafen. Monique nahm einen kräftigen Schluck, während nach einem kleinen Schluck mein Glas schon wieder leer war. Ich füllte mir nach und merkte, dass ich im Moment wieder mal nicht wusste, mit der Situation umzugehen. Seit vorhin war einiges geschehen und mir fehlten Monique gegenüber ein wenig die Worte.

„Er hat dir die Strümpfe zurück gebracht?", fragte mich Monique.

„Ja, die waren in dem Umschlag den ich vorhin mit hoch gebracht habe."

191

„Um diesen Typen kümmern wir uns ab morgen etwas intensiver. Lass uns wieder zu Bett gehen und uns den Abend ohne viel nachzudenken genießen."

Wir beiden nahmen unsere Gläser mit ins Schlafzimmer, stellten sie auf die Nachttische und kuschelten uns wieder unter unsere Decken. Monique lag in meinem Arm, als wäre es nie anders gewesen. *Wir werden sehen, was morgen ist und wie es nun mit uns weiter geht. Ich muss unbedingt mit ihr reden.*

Es klingelt, oh Mann, wie spät ist es. Es war acht Uhr morgens. Verdammt, ich war gestern ganz erschöpft eingeschlafen. Monique lag neben mir und schlief noch tief und fest. Ich musste nachsehen wer da geklingelt hatte. *Wo habe ich denn meinen Bademantel gelassen? Ach hier hatte ich ihn ja gestern ausgezogen.* Ich zog meinen Bademantel über, der rechts vor dem Schrank auf dem Fußboden lag. Es klingelte schon das zweite mal und ich ging barfuß in Richtung meiner Wohnungstür. Wer will denn schon so früh am Morgen etwas von mir, schoss es durch den Kopf und ich öffnete die Tür.

„Ach, guten Morgen Herr Kalinski."
„Guten Morgen Frau Baumbach."

„Herr Kalinski, ich hatte sie ganz vergessen."
„Ich sollte doch nach ihrem Schloss schauen, ob da eventuell was kaputt ist."
„Ja ja, gestern war es etwas später geworden und eigentlich wollte ich längst auf sein. Kein Problem, kommen Sie herein."
„Möchten Sie einen Kaffee haben? Ich muss nur kurz einen kochen."
„Danke Frau Baumbach, ist nicht nötig. Ich habe gleich noch einen weiteren Termin."
„OK."

Ich hatte vorsichtshalber mal die Schlafzimmertür geschlossen, nicht das Herr Kalinski durch Zufall mal um die Ecke guckte. Kaffee setzte ich jetzt trotzdem auf, Monique würde sicherlich auch bald wach werden.
Während Herr Kalinski das Schloss auseinander nahm, stand ich in der Küche und blickte aus dem Fenster. Gott sei Dank stand dort draußen kein schwarzer Mercedes. Die Kanne füllte sich und es roch nach frischem Kaffee, den ich an diesem den Morgen ganz besonders brauchte.

„Herr Kalinski, möchten Sie nicht doch einen Kaffee?
„Ach Frau Baumbach, ich glaube da kann ich doch nicht widerstehen, ich nehme einen."

„Dauert noch einen kleinen Moment, ich ziehe mich nur mal kurz an.

Als ich ins Schlafzimmer kam sah ich, das Monique bereits wach war.

„Guten Morgen Schnucki", hauchte es leise aus Monique´s Mund, die im Bett bereits eine sitzende Position eingenommen hatte.

„Guten Morgen Süße, soll ich dir einen Kaffee bringen?"
„Das wäre lieb von dir, ich habe noch keine Lust aufzustehen."
„Herr Kalinski ist da und schaut sich das Türschloss an. Ich ziehe mir mal gerade was über."

Monique konnte den Blick nicht von mir lassen und beobachtete mich beim anziehen.

„Es reicht, wenn du das an lässt. Herr Kalinski ist sicherlich gleich fertig."
„Du hast Recht, den Kaffee kann er auch trinken, wenn ich einen Bademantel trage."
„Ich will doch, das du gleich wieder ins Bett kommst."
„Ich hole uns erst einmal einen Kaffee."

Herr Kalinski baute bereits alles wieder zusammen wie ich sah, als ich aus dem Schlafzimmer zurück in die Küche ging. Dort goss ich uns den Kaffee in die drei Tassen, die ich zuvor aus dem Schrank genommen hatte.

„So Herr Kalinski, ihr Kaffee."
„Danke Frau Baumbach, sehr nett von Ihnen."

Herr Kalinski hatte seine Arbeit für einen Moment unterbrochen. Während er an seinem Kaffee schlürfte, bemerkte ich, dass sein Blick für einen kurzen Moment zu meinen Füßen ging, die ich gekonnt in Szene gesetzt hatte. Ich lehnte am Türrahmen der Küche und hatte meinen rechten Fuß ein wenig aufgestellt. Auch er schien mir bei dem Anblick ein bisschen nervös geworden zu sein.

„Was war denn eigentlich los, dass ich nach dem Schloss sehen sollte?", fragte mich Herr Kalinski.
„Es muss jemand in meiner Wohnung gewesen sein, es war nichts aufgebrochen oder so, aber es war jemand drin, das weiß ich."
„Also ich konnte nichts außergewöhnliches feststellen. Warum glauben sie das?"
„Es wurde mir etwas entwendet, was ich bereits wieder im Briefkasten hatte. Ich hatte

gedacht, dass die Tür vielleicht nicht richtig schließt und so jemand leichten Zutritt hatte."

„Nein das ist alles in Ordnung. Hier kommt man nur mit einem Schlüssel hinein."

„Aber wer sollte noch einen Schlüssel haben?"

„Das kann ich ihnen auch nicht sagen. Denken sie mal nach, ob nicht vielleicht doch noch jemand einen Schlüssel hat."

Ich muss mir wirklich mal ausgiebig darüber Gedanken machen, wer eventuell noch einen Schlüssel haben könnte. Etwas nachdenklich und mit ernster Miene brachte ich Monique erst einmal einen Kaffee ans Bett, während Herr Kalinski noch sein gebrauchtes Werkzeug einräumte.

„Süße, ich komme gleich, hier erst mal dein Kaffee. Herr Kalinski ist gleich fertig."

Ich verschwand auch schnell wieder aus meinem Schlafzimmer, da ich immer noch nicht so richtig wusste, wie ich mit Monique und der ganzen Situation umgehen sollte. Herr Kalinski trank im Flur noch seinen letzten Schluck Kaffee aus.

„So Frau Baumbach, wie schon gesagt ist alles OK."

„Vielen Dank, dass sie so schnell nachgesehen haben."

„Gerne, sagen sie ruhig Bescheid, wenn etwas ist."

„Mache ich, Tschüss Herr Kalinski."

„Tschüss Frau Baumbach."

Herr Kalinski hatte sich seine Werkzeugtasche gepackt und ging nun weiter zu einem anderen Mieter. Monique wartete sicherlich schon ganz sehnsüchtig auf mich. Mit ihr musste ich erst einmal reden. Ich schenkte mir in der Küche noch einen Kaffee nach und machte mich auf ins Schlafzimmer, wo ich mich neben Monique ins Bett kuschelte. Sie hatte einen entspannten Gesichtsausdruck und wartete wohl auf das, was nun kommen würde.

„Süße, ich muss mit dir reden."

„Was ist los?"

„Wie soll das jetzt mit uns weiter gehen? Ich meine, sind wir jetzt zusammen oder so?"

„Oh Schnucki", stöhnte Monique vor sich hin.

„Bleib mal ganz ruhig. Wenn wir Lust dazu haben, dann tun wir es, und wenn nicht, dann halt nicht. Immerhin möchte ich mich auch mal mit Andreas treffen, um mit ihm gewissen Spaß zu haben."

„Ja ja, so sehe ich das auch. Mit Mario möchte

ich mich ja auch mal wieder treffen."

„Siehst du, ganz entspannt bleiben", und Monique kuschelte sich wieder an mich.

Ach, Gott sei Dank ist das geklärt. Da für mich die Situation etwas komisch war, brauchte ich sicherlich erst mal ein paar Tage, um das alles zu verdauen.

„Schnucki, machen wir heute noch etwas zusammen?"

Ich drehte meinen Kopf und schaute Monique in die Augen, die mich schon wieder angrinste.

„Wir wollten uns doch um diesen Spinner kümmern.

Irgendwie müssen wir den Kerl doch zu fassen bekommen", antwortete ich Monique.

„Lass uns mal überlegen, was wir tun können."

Monique lag in meinem Arm und wir grübelten gemeinsam darüber, wie wir das am besten anstellen könnten. Es fühlte sich gut an, so eine Freundin zu haben.

Irgendwie wollten wir den Kerl in eine Falle locken, wussten nur noch nicht genau wie. Es war Freitag, also versuchten wir ihn an dem Abend noch einmal irgendwo hinlocken. Es würde sicherlich nicht ganz einfach werden, daher brauchten wir einen guten Plan. Ich war mir ganz sicher, dass der schwarze Mercedes etwas damit zu tun hatte. Warum stand er immer kurz hier in der Straße und auch das letzte mal bei Pietro war der Wagen dort. *Schade das man das Kennzeichen nie erkennen konnte, sonst hätten wir das Ganze längst auflösen können.*

Monique begann wieder einzuschlafen, sollte sie auch. Ich versuchte auch noch ein wenig zu ruhen, ausgeschlafen hatte ich eigentlich. Neben dem Bett auf dem Nachttisch stand mein Kaffee, den ich erst einmal ganz in Ruhe austrank. Komischer Weise hatte ich das früher nie gemacht, aber eigentlich fand ich es ganz entspannend im Bett Kaffee zu trinken. Fehlte nur noch das Frühstück.

Mir kamen Gedanken an meinen geschiedenen Mann auf. Eigentlich hatten wir doch alles, was man sich denken konnte. Wir hatten ein Haus, jeder von uns einen sehr guten Job und finanziell waren wir auch mehr als abgesichert. *Warum ist meine Ehe in die Brüche gegangen?* Das man sich nach vielen Jahren in einer Ehe verändert, fand ich völlig normal. Schließlich wurden wir reifer und sahen vieles aus einem anderen Blickwinkel. *Ich kann es bis heute nicht verstehen, warum mich mein Mann verlassen hat.* Mir kullerten ein wenig die Tränen, da ich meinen Mann über alles geliebt hatte. *Wie konnte er mir das antun?*

„Was ist los Schnucki? Warum weinst Du?"

Monique war wach geworden und versuchte mit ihrer rechten Hand mir meine Tränen aus dem Gesicht zu wischen.

„Mir sind gerade Gedanken an meinen Ex Mann durch den Kopf geschossen. Ich kann es bis heute nicht verstehen, warum das alles so geendet ist. Ich hatte immer Angst vor diesem Moment."
„Weine ruhig und lass alles heraus, danach wird es dir besser gehen."

Monique hielt mich fest in ihrem Armen während ich meinen Tränen freien Lauf lies. Vielleicht kam jetzt alles mal raus, was sich in den letzten Tagen angestaut hatte. Gut das meine Freundin da war, auf sie konnte ich mich verlassen.

„Schnucki, was hältst Du davon, wenn wir jetzt frühstücken gehen und anschließend mal zu mir fahren?"
„Hört sich gut an", antwortete ich.
„Und dann machen wir einen Plan, um diesen Idioten in die Falle zu locken."

„OK, das machen wir."

Ich wischte mir meine letzten Tränen aus dem Gesicht, stand auf und ging zuerst einmal ins Bad um zu duschen.

„Kann ich mitkommen?" rief Monique hinter mir her.
„Dazu ist mein Bad zu eng."
„Sollte auch nur ein Scherz sein, mach dich ganz in Ruhe fertig."

An dem Morgen hatte ich es aber bitter nötig, so verheult wie ich aussah, konnte ich nicht auf die Straße gehen. Nach der Dusche musste ich mich kräftig schminken und ein wenig raus putzen. Man wusste ja nicht, was an dem Tag noch so alles kommen würde.
Monique hatte sich mittlerweile auch angezogen und stand bereits mit einem Kaffee in der Hand in den Startlöchern, als ich aus dem Bad kam. Sie hatte schon mal aus dem Küchenfenster die parkenden Fahrzeuge in der Straße gecheckt. Kein schwarzer Mercedes war zu sehen.
Es war ruhig geworden, hatte er sich verdrückt?
„Soll ich mich schick machen?", fragte ich Monique.

„Natürlich."

In meinem Schlafzimmer zog ich mir meinen BH und einen String an. Dazu halterlose Strümpfe, ein Kleid und meine über alles geliebten Pumps, die ich sehr gerne und sehr oft trug.

„Wow, du siehst toll aus." Monique war überwältigt als ich zurück in die Küche kam.
„Können wir los? Ich brauche nur noch meine Handtasche."

Mein Handy hatte ich noch schnell in meine Tasche gesteckt. Diesmal schloss ich meine Wohnungstür aber ab. Monique war in ihren Trainingssachen schon vorgegangen.

„Nun warte doch, ich bin nicht so schnell."

Im Eilschritt ging ich hinter Monique her, die es anscheinend etwas eilig hatte. Der Motor ihres Auto's lief bereits, als in unserer Straße der schwarze Mercedes einbog. Da man vom Anfang der Straße genau bis vor meine Garage sehen konnte, wendete der Mercedes sofort wieder. Der Abstand war zu groß, so dass ich das Kennzeichen wieder nicht erkennen konnte. Ich sprang in Monique's Auto mit der Bitte,

Gas zu geben.

„Nun fahr, der Mercedes ist gerade dort vorne eingebogen, da müssen wir hinterher", geiferte ich Monique an.

Monique knallte den Rückwärtsgang rein und gab mächtig Gas um rückwärts aus der Einfahrt zu fahren. Wir konnten nicht erkennen, in welche Richtung der Kerl gefahren war. Also mussten wir uns für eine Richtung entscheiden.

„Fahr nach rechts", wies ich Monique an, die mit ihrem Kleinwagen mächtig auf die Tube drückte.
„Was will dieser Arsch denn schon wieder?"
„Siehst du, er wird nicht locker lassen", antwortete ich
Monique, die bereits mit quietschenden Reifen um die Kurve gefahren war.
„Den kriegen wir, verlass dich drauf."

Mir wurde es doch ein bisschen Bange, denn Monique hat sich richtig in Rage gefahren und begann nun noch, den linken Fahrstreifen mitzubenutzen, der eigentlich für den Gegenverkehr gedacht war. Ich konnte den schwarzen Mercedes sehen, er war sechs Autos vor uns.

„Monique, du kannst hier nicht überholen."
„Warum nicht, kommt uns doch keiner entgegen."

Es waren nur noch fünf Fahrzeuge zwischen uns, Monique hatte überholt.

„Oh Mann, was ist das für ein Idiot. Warum muss der jetzt ausgerechnet links abbiegen?"

Drei Fahrzeuge vor uns hielt uns ein PKW auf, der links abbiegen wollte. Er musste den Gegenverkehr beachten und gab somit dem Mercedes einen Vorsprung, den wir nicht wieder aufholen konnten.

„Scheiße", fluchte Monique und schlug mit beiden Händen mehrmals verzweifelt auf ihr Lenkrad.
„Beruhige dich", forderte ich Monique auf, die immer noch darauf wartete, dass es weiter ging.
„Wir hätten ihn kriegen können", fluchte Monique leise vor sich hin.
„Ja das weiß ich, wir bekommen bestimmt noch mal eine andere Chance. Lass uns jetzt zu dir fahren."

Der PKW war abgebogen und wir konnten weiterfahren. Dabei nahmen wir einen kleinen Umweg in Kauf, den uns diese kleine Verfolgungsjagd gebracht hatte. Monique war stinksauer und würde dem Typen am liebsten den Hals umdrehen, wenn sie ihn denn jetzt zu fassen bekommen würde.

Da der Verkehr um diese Zeit noch recht erträglich war, brauchten wir auch nicht all zu lange, bis wir in Monique´s Tiefgarage einfuhren. Sie schien sich wieder beruhigt zu haben und ich war froh darüber, das bei der Aktion nichts passiert war.

„Du kannst dir mal überlegen, wo wir frühstücken wollen", fragte mich Monique, während wir auf den Fahrstuhl warteten.
„War nicht auch hier um die Ecke ein Bäcker, wo man Frühstück bekommt?"
„Ja, zwei Straßen weiter."
„Dann können wir doch auch dorthin laufen."

Wir beide machten einen Schritt nach vorne in den Fahrstuhl hinein. Ich drückte den Knopf für die richtige Etage.

„Können wir machen, ich will nur kurz duschen und mich umziehen."
„Prima, ich habe jetzt aber auch so langsam

Hunger."

Der Fahrstuhl war auch zügig oben, so dass wir kurz über den Flur in Monique´s Wohnung huschten. In ihrer Wohnung fühlte ich mich auch wohl.

„Kann ich mal in deinem Buch lesen, während Du unter der Dusche stehst?"
„Welchem Buch?"
„Na das mit dem Nylon."
„Liegt auf dem Wohnzimmertisch, aber mach bitte ein Lesezeichen hinein, damit ich weiß, wo ich stehen geblieben bin."

Das Buch lag kopfüber aufgeschlagen auf ihrem Wohnzimmertisch. Keine Ahnung, was mich dort erwartete, aber ich hatte unheimliche Lust darin zu lesen. Monique war bereits im Bad verschwunden und ich hatte meine Beine übereinander geschlagen, nachdem ich mich in ihren Sessel gesetzt hatte. Das Buch nahm ich vom Tisch um mal sehen, an welcher Stelle Monique gerade las.
Ich hatte mich gerade ein bisschen eingelesen, als in meiner Tasche neben dem Sessel mein Handy ging. Eine SMS war gekommen, mal sehen, wer da etwas von mir wollte. Das Buch legte ich beiseite und kramte in meiner

Handtasche nach meinem Handy. Schon wieder hatte dieser Idiot geschrieben.

Na ihr zwei Süßen, warum seit ihr denn vorhin so schnell hinter mir her? Ich habe euch doch nichts getan. Ich möchte doch nur an eure Füße.

Soll ich ihm etwa zurückschreiben? Ja, das mache ich jetzt.

Hey, wie ist es heute Abend mit einer Massage unserer Füße. Das wolltest du doch eigentlich. Sei nicht so feige und tu es endlich, sonst wird das nie was.

So fertig geschrieben und ab die Post. Mal sehen, ob er gleich antwortet. Der traut sich ja doch nicht, sonst hätte er uns ja vielleicht ganz normal angesprochen. Und wieder eine SMS.

Sag mir einfach wann und wo und ich bin da.

Meint er es jetzt wirklich ernst oder blufft er nur? OK, ich schreibe ihm.

Heute Abend in der Kellermann Bar. Dort gibt es schöne ruhige Plätzchen, da treffen wir uns um 19:00 Uhr. OK?

Mir wird jetzt doch ein wenig mulmig, vielleicht hätte ich das erst mit Monique absprechen sollen. Egal, sie macht ja manchmal auch solche Sachen mit mir. Uch, wieder eine SMS.

Abgemacht, ich bin da. Ich freue mich auf euch.

Oh Gott, das musste ich nun Monique irgendwie beibringen. Ich konnte mir nicht wirklich vorstellen, dass dieser Typ kommen würde. *Das letzte mal hat er auch schon gekniffen, also warum diesmal?*

„Ich dachte du wolltest lesen?", fragte mich Monique, die sich nach der Dusche einfach nur ihren Bademantel übergezogen hatte.

„Ja wollte ich auch, aber dann ging mein Handy."
„Hat sich der Typ gemeldet?"
„Ja, hat er."
„Und?"
„Wir treffen uns heute Abend in der Kellermann Bar mit ihm."
„Na da bin ich ja mal gespannt. Der kommt

bestimmt nicht. Ich ziehe mir mal was an."

Irgendwie komisch, Monique hatte das recht locker aufgenommen, obwohl sie vorher noch recht angepisst von dem Typen war und hätte ihn am liebsten geköpft. *Ob es richtig war was ich getan habe, werden wir heute Abend sehen. Jetzt geht es erst einmal frühstücken.*

„Hey Süße, schick siehst du aus."
„Danke."

Monique hatte einen schwarzen Rock und eine gemusterte Bluse an. Wie es aussah trug sie eine Strumpfhose und war dabei, sich ihre Riemchen Sandalen mit Absatz anzuziehen. Der Anblick gefiel mir, so dass es mich wieder ein bisschen nervös machte.

„Können wir los?", fragte mich Monique.
„Klar, können wir, Mann habe ich einen Hunger."

Zu Fuß gingen wir ganz gemütlich zum Bäcker, der zwei Straßen weiter war. Monique hatte sich wieder entspannt und war wieder ganz die Alte. Laufend machte sie Witze über mein Kleid, das ja hoch fliegen könnte und das dabei meine halterlosen Strümpfe zum Vorschein kommen könnten. Ich glaubte, dass ihr der Anblick gefallen hätte. Auch mir gefiel was ich sah, denn Monique sah   umwerfend aus. Während wir liefen ging mein Blick immer wieder zu ihren Füßen. Mich machte es an, wie ihre bestrumpften Zehen vorne aus ihren Schuhen heraus schauten.

Auch Monique hatte wieder ihr Grinsen im Gesicht und ich spürte, dass dort mehr war, als wir beide vermuteten. Ein Hauch von Spannung lag in der Luft und ich war gespannt, was an dem Tag noch   so alles passieren würde.

Wir standen vor der kleinen Bäckerei in großer Erwartung auf ein kleines Frühstück. Monique hielt mir die Tür auf und ich ging vor in die etwas überfüllte Bäckerei. Leider waren die wenigen Plätze alle besetzt, so dass wir etwas anderes planen mussten. Da es mittlerweile schon 11:00 Uhr durch war   konnten wir natürlich auch gleich zu Mittag essen. Ein Stück weiter war ein Grieche, der gerade aufgemacht haben musste. Also gingen wir noch ein Stückchen weiter, um nachzusehen, ob er wirklich schon offen hatte.

„Schnucki, eigentlich könnten wir ja nach dem Essen ein wenig Shoppen gehen. Was hältst du davon?"

„Also ich könnte mal wieder ein paar neue Schuhe gebrauchen", antwortete ich Monique. „So gefällst du mir, richtige Antwort!"

Monique grinste und konnte es kaum erwarten, einkaufen zu gehen. Aber zuerst mussten wir unseren Hunger stillen. Wir standen nun auch schon vor dem Griechen und Monique öffnete mir erneut die Tür. Hier roch es schon lecker nach Essen und wir wurden sehr nett begrüßt.

„Guten Tag die Damen."
„Guten Tag", antworteten wir.

Wir setzten uns in eine ruhige Ecke, damit wir ungestört Essen konnten. Wir hatten uns erst einmal eine Flasche Wein bestellt. Es war zwar noch früh am Tag, aber ich wollte den Tag mit meiner Freundin genießen, und zu einem guten Essen gehörte auch ein Glas Wein, oder zwei.
Nachdem der Kellner unsere Bestellung aufgenommen hatte, stieß ich mit Monique an. Wieder trafen sich unsere Blicke, so dass ich es nicht verbergen konnte, dass ich mich zu meiner Freundin hingezogen fühlte. In Monique´s Augen sah ich das Verlangen nach mir und ich spürte, wie Monique, die links von mir saß, ihre Hand unter mein Kleid schob und mein bestrumpftes Bein streichelte. Das machte

mich sichtlich nervös weil ich merkte, dass es mir die Schamröte ins Gesicht trieb. Mit ihrer Hand war sie am Ende meine Strümpfe angelangt und ich öffnete ein wenig meine Beine. So etwas hatte ich in der Öffentlichkeit noch nie gemacht.

„Ich will deinen Fuß anfassen", forderte mich Monique auf.
„Jetzt?"
„Zieh deinen Schuh aus, rutsche ein wenig zurück und leg ihn hier hin."
Ich schlüpfte aus meinen Pumps und streckte ihr meinen linken Fuß entgegen. Ganz sanft streichelte sie meinen Fuß während ich entspannt einen Schluck aus meinem Weinglas nahm.

„Gefällt dir das?", fragte mich Monique
„Und wie, mach weiter."
„Deine Strümpfe sind recht feucht."
„Ich schwitze sehr leicht an den Füßen und in den Pumps riecht das manchmal auch recht stark, wenn ich sie länger getragen habe."
„Das ist bei mir nicht anders."

Monique zog ihren Schuh aus und streckte mir ihr rechtes Bein entgegen.

„Fühl mal, ob die auch so feucht sind."

Ganz vorsichtig berührte ich Monique´s Fuß, der sich nicht gar so feucht anfühlte.

„Ist nicht so schlimm", sagte ich. „Fühlt sich aber unheimlich geil an."
„Macht dir das Lust auf mehr?"
„Ich könnte mir schon vorstellen, das nachher ausgiebig zu machen."

Aus der Küche sah ich den Kellner mit den Salattellern kommen.

„Nimm deinen Fuß herunter, der Kellner kommt", sagte ich zu Monique.

Während er in großen Schritten auf uns zu eilte, stellten wir beide unsere Füße wieder unter den Tisch.

„So die Damen, hier schon mal ihr Salat."
„Danke schön."
„Das andere kommt auch gleich."

Der Kellner ging wieder in Richtung Küche und erneut legte Monique ihren Fuß hoch und schob ihn unter mein Kleid.

„Ich würde dich da gerne mal mit meinem Fuß berühren", haucht es aus Monique´s Mund.

„So, das würdest du gerne? Warum machen wir das nicht nachher, wenn wir wieder bei dir sind?"

„Ist eine ausgezeichnete Idee. Ich kann es kaum erwarten."

Zwischen Monique und mir knisterte es wieder gewaltig und mich hatte das schon wieder so heiß gemacht, dass ich am liebsten sofort mit ihr nachhause gegangen wäre. Aber wir wollten erst einmal was Essen und danach Schuhe kaufen gehen.

Der Kellner brachte uns das Essen, so dass ich erst einmal auf andere Gedanken kam. Monique schmunzelte wie immer und hatte ihren Fuß wieder unter meinem Kleid hervor gezogen und brav unter dem Tisch gestellt.

„So die Damen, einmal für sie und einmal für sie. Ich wünsche ihnen guten Appetit."

„Danke sehr."

„Schnucki, lass es dir schmecken."

„Du dir auch, Süße."

Ohne viel Worte ließen wir uns das griechische Essen schmecken. Unsere Blicke trafen sich immer wieder und ein Hauch von Erotik lag in der Luft. Zwischendurch prosten wir uns zu und wenn ich es nicht anders gewusst hätte könnte man denken, dass wir ein Paar sind. Ich fühlte mich geborgen und begehrt, so wie ich es lange nicht mehr erlebt hatte.

Monique hatte ihren Teller bereits leer und ich glaubte das es ihr genauso ging wie mir. Sie schaute mir ohne ein Wort zu sagen beim Essen zu und machte dabei einen ganz entspannten Eindruck. Ihr Lächeln und der Glanz in ihren Augen verriet mir, dass auch sie rundherum zufrieden war.

„Ach Schnucki, du bist einfach toll."
„Du aber auch. Danke das du für mich da bist."

Auch ich hatte den letzten Bissen von meinem Teller verdrückt. Mir reichte das aber auch, Mann war ich satt. In unseren Gläsern war noch ein kleiner Schluck Wein, den wir gemeinsam austranken. Monique hatte ihren Schuh wieder angezogen. Auf einmal hatte sie es recht eilig weiter zu kommen. Meinen Schuh hatte ich schon während des Essens wieder an, so dass wir jetzt zur Theke gingen, um dort zu bezahlen. Der Kellner bot uns noch einen Ouzo an, den wir dankend zu uns nahmen. *Das schmeckt aber lecker, da kann man aber auch auf den Geschmack kommen.*

Wir verabschiedeten uns, verließen das Lokal und gingen weiter zum erst besten Schuhgeschäft, das gleich dort in der Nähe war. Ich war gespannt, was sich dort abspielen würde. Immerhin hatte Monique ja beim Griechen auch angefangen, irgendwelche verbotenen Spielchen unter dem Tisch zu machen. Mir gefiel der Nervenkitzel und ich konnte es eigentlich kaum erwarten, dort zu sein.

„Was für Schuhe suchst du denn", fragte mich Monique, die schnellen Schrittes war.
„Ich weiß noch nicht, vielleicht Pumps, mal sehen. Und du?"
„Ein Stiefel wäre vielleicht nicht schlecht zum Winter hin."
„Ach, da ist es ja auch schon."

Wir gingen in den Schuhladen, der riesig war.
Wenn das mal nicht ein Frauenparadies ist.

„Ich habe schon was gesehen, was mir gefallen könnte. Und du?", fragte mich Monique.
„Du möchtest doch Stiefel haben, lass uns erst einmal nach deinen Stiefeln schauen."

Monique war ganz hin und weg von den schwarzen kniehohen Stiefeln.

„Schau mal Schnucki, die würde ich gerne mal anprobieren."
„Und was hindert dich daran?"

Monique setzte sich, streifte ihren Riemchen Schuh vom Fuß und schlüpfte in die schwarzen Stiefel.

„Sehen die nicht Ratten scharf aus, so welche wollte ich immer schon haben. Findest Du, dass es nuttig aussieht?"
„Nein, warum? Sieht doch toll aus und passt auch noch zu deinem Rock und der Bluse."

Monique stand vor dem Spiegel im Schuhladen und drehte ihren Fuß hin und her. Dabei betrachtete sie die Stiefel ausgiebig und kam zu der Erkenntnis, dass das ihre neuen Schuhe sein sollten.

„In den Stiefeln kommen deine Füße aber ganz schön ins schwitzen."
„Das macht nichts, Andreas gefällt das."
Warum kommt sie jetzt auf einmal auf Andreas? Vielleicht sollte sie mich mal fragen, ob mir das nicht vielleicht auch gefällt.

„Die nehme ich, geile Schuhe."

Monique grinste mich an und versuchte wieder von Andreas abzulenken.

„Ich werde sie gleich anlassen, mal sehen wie ich den Tag darin überstehe."
„Sieht aber auch schick aus", fügte ich hinzu und ging ein paar Gänge weiter zu den Pumps.

Monique hatte ihre Riemchen Sandaletten sowie den Karton der Stiefel geschnappt und kam mit etwas wackeligen Beinen hinter mir her.

„Warum lachst du?", fragte sie mich
„Schuhe mit so hohen Absätzen hast du wohl noch nicht so oft getragen, oder?"
„Ha ha, ich gebe es ja zu."

Ich hatte gerade ein paar Pumps im Visier, als mir ein Mann auffiel, der sich in der Frauenabteilung aufhielt und den Frauen beim anprobieren der Schuhe zusah. *Was ist das denn für einer?*
„Monique, hast du den gesehen?"
„Wen?"
„Den Kerl da, guck mal wie der denen bei der Schuhanprobe zusieht."#
„Das ist auch wieder so einer, der sich nur aufgeilen will", antwortete mir Monique.

„Vielleicht sollte ich jetzt auch mal die Pumps dort anprobieren. Was meinst du?"
„ Ja, mach mal."

Mal sehen ob sie meine Größe haben, ja, 38 ist da. Dann will ich mich mal setzen.

„Warte, der Kerl ist noch nicht in Sicht, doch jetzt, zieh aus."

Der Kerl sah, dass ich meinen rechten Schuh ausgezogen hatte. Meinen Fuß stellte ich etwas auf und packte ganz behutsam die neuen Schuhe aus, damit er Zeit hatte, sich richtig zu positionieren.
Er war da, konnte mir jetzt aus unmittelbarer Nähe zusehen. Er machte so, als würde er sich die Schuhe im Regal ansehen. Irgendwie reizte es mich schon, solche Spielchen zu machen. Meinen rechten Fuß hatte ich ausgestreckt und bewegte meine Zehen ein wenig, als würden mir die Füße weh tun. Seine Blicke wendeten sich kaum von mir ab und ich konnte ihm ansehen, wie ihm der Anblick gefiel.
Ich spielte ein wenig mit dem Schuh, indem ich rein und raus schlüpfte. Das schien ihm zu gefallen, so dass er versuchte, etwas näher zu kommen. Ich warf ihm ein sanftes Lächeln entgegen was er auch ein wenig schüchtern

erwiderte. Monique stand in einem sicherem Abstand zu uns und beobachtet das Geschehen mit einem Grinsen im Gesicht. Nun kam der Kerl auch noch auf mich zu.

„Entschuldigung, dass ich sie anspreche. Aber kann ich ihnen bei der Anprobe behilflich sein?"
„Warum möchten sie mir helfen?"
„Ich bin Italiener und habe eine Vorliebe für schöne Frauenfüße. Darf ich ihnen helfen?"
„OK, dann ziehen sie mir doch mal den anderen Schuh aus."

Ich streckte dem Herrn um die vierzig meinen Fuß entgegen. Gekonnt entledigte er mich meinem Schuh und berührte dabei ganz unscheinbar meinen Fuß.

„Sie haben sehr schöne Füße."
„Danke, das habe ich schon öfters gehört. Machen Sie eigentlich öfters so etwas?"
„Eigentlich gucke ich nur, aber bei ihnen habe ich mir ein Herz genommen und gefragt."
„Aber ich hätte ja auch nein sagen können."
„Dann wäre ich einfach gegangen."
„Ziehen sie mir mal den anderen Schuh an."

Gekonnt streift er mir den zweiten Schuh über meinen Fuß, das hat er sicherlich schon öfters

220

getan.

„Passt! Als wären sie wie für mich gemacht. Dann will ich mal ein paar Meter laufen."

Ich erhob mich von meinem Platz und ging ein paar Schritte weiter in den Laden hinein. Monique hatte sich mittlerweile so einen Typen in der Herrenabteilung gekrallt. *Was will sie denn jetzt mit dem?*
Ich ging zurück wo der kleine Italiener mich mit großen Augen erwartete.

„Sie sehen toll aus in den Schuhen", rief mir der Italiener schon von weitem zu.
„Danke, die werde ich nehmen."

Ich setzte mich wieder auf den Platz von eben und fragte den Herrn:

„Würden sie mir behilflich sein beim Schuhe wechseln?"
„Natürlich, zeigen sie her."
Behutsam zog mir der Herr meine neuen Pumps aus und streifte mir meine alten wieder über. Dabei bemerkte ich den Unterschied zu den neuen Schuhen. Die alten hatte ich schon sehr viel getragen.

„Wenn sie die alten Pumps nicht mehr tragen, könnte ich sie ihnen dann abkaufen?"

„Was wollen sie damit machen?"

„Wie schon gesagt mag ich alles rund um den Frauenfuß. Ich hätte sie einfach ganz gerne. Meine Frau ist dick und ihre Füße sind nicht gerade schön anzusehen. Würden sie mir den Gefallen tun?"

„Mal sehen, ich überlege es mir. Ich kann sie ja sicherlich öfters hier antreffen, oder?"

„Ja, ich bin regelmäßig hier."

„Wir werden sehen, ich melde mich."

Der kleine Italiener verschwand recht schnell, weil ihn eine Verkäuferin gesichtet hatte, die mich kurz darauf ansprach:

„Hat sie dieser Mann belästigt?"

„Nein nein, ist alles OK."

„Er war mir nur ein wenig behilflich."

„Eigentlich hat der Mann Hausverbot, aber der hält sich nicht daran."

„Er ist doch harmlos."

„Glaube ich auch, aber er ist nicht gerade gut fürs Geschäft.

Wir sind zu groß, um immer alles im Blick zu haben."

„Ich habe da eine Idee, vielleicht lässt er sich darauf ein."

Ich musste nachsehen, wo Monique abgeblieben war. Ein paar Gänge weiter sprach sie immer noch mit einem Typen in der Herrenabteilung.

„Süße, ich bin fertig."
„Hast du gefunden was du gesucht hast?"
„Natürlich, und der Italiener war auch sehr nett."

Monique verabschiedete sich von dem Typen, wohl ein alter Bekannter, wie sie mir kurz darauf sagte.

„Was hast du denn mit dem Italiener gemacht?", fragte mich Monique.
„Wie? Was habe ich denn gemacht?"
„Du hast ihn aber ganz schön heiß gemacht den Kleinen. Das hat man ihm angesehen."
„Hat auch irgendwie Spaß gemacht in verrückt zu machen.
Vielleicht verkaufe ich ihm meine Schuhe. Er hat gefragt, ob er sie haben kann."
„Das willst Du wirklich tun?"
„Ja, der Gedanke macht mich heiß zu vermuten, was er damit anstellt."
„Schnucki, ich glaube wir sollten schnellstmöglich nachhause gehen."
„Süße, eine sehr gute Idee."

Wir gingen in Richtung der Kassen, die wie immer recht voll waren. Es war noch nicht einmal Wochenende, da wunderte es mich, dass so viele Menschen Zeit hatten Schuhe zu kaufen. Monique durfte ausnahmsweise ihre neuen Stiefel anlassen und gab den Karton mit ihren alten Schuhen der Kassiererin, die den Barcode für ihre Kasse brauchte. Monique bezahlte und war überglücklich über ihre neuen Stiefel. Auch ich bezahlte und konnte es kaum erwarten, die neuen Pumps einzulaufen, auch wenn es am Anfang recht weh tun würde. *Aber da kann meine Freundin sicherlich für Entspannung sorgen.*

Unsere Schuhe hatte man uns mit Karton in eine Plastiktüte getan und so schlenderten wir gemütlich weiter an den Geschäften vorbei in Richtung Monique´s Wohnung.

„Ach, ihr beiden", quatschte uns jemand von hinten an.

„Ich denke ihr sein krank?"

Es war Jens, der schmierige Kollege aus der Bank. Der hatte uns gerade noch gefehlt.

„Hallo Jens", riefen wir beide ganz erschrocken, nachdem wir uns umgedreht hatten.

„Wir haben euch schon vermisst. Heiko hat sich schon gewundert, dass ihr beide gleichzeitig krank seid. Was ist los?"

„Es geht uns schon viel besser", antwortete ich mit etwas zittriger Stimme.

„Das sehe ich, wenn Frauen Schuhe kaufen, kann es ihnen nicht schlecht gehen oder sie brauchen mal wieder was fürs Ego."

„Ja, gerade du kennst dich da ja bestens aus", antwortete Monique.

„Ich werde Heiko Bescheid geben, dass ich euch gesehen habe", konterte er lautstark.

„Pass auf du Pfeife, mach was du willst und verzieh dich. Ist besser für dich."

Monique war schon wieder geladen und hätte Jens am liebsten mit ihren neuen Stiefeln in der Arsch getreten. Aber Gott sei Dank hatte er sich abgewendet und ging weiter. *Was für ein Arsch!*

„Lass uns jetzt zu dir gehen. Ich bin etwas müde geworden und würde mich gerne eine halbe Stunde bei dir hinlegen, wenn das OK ist."

„Na klar, schließlich haben wir ja heute Abend noch was vor."

So schlenderten wir weiter zu Monique, die ein

wenig angepisst wegen dem Idioten von Jens war. *Was bildet sich dieser Schmierfink eigentlich ein?*

Nach ein paar Minuten erreichten wir die Wohnung von Monique. Ihre neuen Stiefel hatte sie bereits im Flur ausgezogen. Unsere Plastiktüten standen ebenfalls im Flur und ich ging schnurstracks in Monique's Wohnzimmer, um mich gleich auf's Sofa zu legen.

„Ich bin jetzt aber ganz schön müde geworden, ist bestimmt von dem Wein heute Mittag."
„Leg dich ruhig schon mal hin, ich komme auch gleich."

Monique wuselte noch in ihrer Küche herum, während ich meine Beine hochgelegt hatte. Meine Schuhe hatte ich angelassen da ich vermutete, dass meine Füße etwas riechen könnten. Ich drehte mich auf die Seite und versuchte ein wenig zu schlafen.

Doch gingen mir laufend irgendwelche Dinge durch den Kopf. Ich konnte nicht richtig abschalten und döste nur so vor mich hin. Im Halbschlaf bemerkte ich, dass ich zuerst den rechten und dann den linken Schuh ausgezogen bekam. Das konnte nur Monique sein, denn das schnaufen was ich hörte kannte ich. Meine Füße hingen ein wenig über den Rand des

Sofas. Als ich in meinem Halbschlaf meinen Kopf ein wenig hob, sah ich, dass Monique ausgiebig an meinen Füßen roch. So intensiv wie sie meinen Duft inhalierte, schien ihr es zu gefallen.

„Was machst du da?"
„Ich liebe deinen starken Fußgeruch, ich kann gar nicht mehr aufhören an deinen Füßen zu riechen."

Monique vergrub ihre Nase regelrecht zwischen meinen Zehen und saugte sich voll mit dem heißen Duft, nachdem ich mich auf den Rücken gelegt hatte. So konnte ich sie dabei beobachten, wie sie ihrer Leidenschaft nachging. Ihr Verlangen nach mehr konnte ich aus ihren Augen ablesen und es wurde Zeit das wir dort weiter machten, wo wir vorhin beim Griechen aufgehört hatten.
Monique forderte mich auf, mich hinzusetzen. Sie öffnete mein Kleid und zog es mir über den Kopf aus. Nun hatte ich nur noch meine Strümpfe, meinen BH und den String an. Monique stand vor mir, öffnete ihren Rock und lies ihn einfach zu Boden fallen. Sie trug eine Strumpfhose wie ich vermutet hatte, allerdings ohne Slip. Mit ein paar Handgriffen hatte sie die Knöpfe ihrer Bluse geöffnet und streifte sie

sich über ihre Schultern ab. Monique reichte mir ihre Hand und ich folgte ihr ins Schlafzimmer. Vor ihrem Bett blieb sie stehen, drehte sich zu mir herum und begann mich leidenschaftlich zu küssen. Dabei versuchte sie mir meinen BH zu öffnen, was ihr auch recht schnell gelang. Meine Brüste standen ihr entgegen und auch in mir entflammte eine unbeherrschbare Lust. Monique drehte sich, so dass ich ihren BH öffnen konnte. Sie streifte ihn sich ab, während ich mich auf die Bettkante setzte und mich nach hinten fallen lies. Monique drückte meine Beine auseinander. Sie setzte sich auf's Bett, rückte mich in Position und begann mit ihrem rechten Fuß sich Platz zwischen meinen Beinen zu verschaffen. Sie hatte ja bereits erwähnt, dass sie es mir gerne mal mit ihren Füßen machen möchte. Meinen String zog ich ein wenig zur Seite, so dass mich Monique mit ihrem bestrumpften Fuß in Ekstase reiben konnte. Mich machte das unheimlich geil und ich glaubte im siebten Himmel zu sein, als ich einen gewaltigen Höhepunkt erlebte. Ich schrie meine Lust heraus und ich konnte sehen, wie sich Monique dabei ihre Muschi durch die Strumpfhose rieb.

Nachdem ich kurz durchgeatmet hatte, bat mich Monique, ihre Füße zu massieren. Ich setzte mich auf die linke Bettkante und hatte

dabei ihre Füße auf meinem Schoß gelegt..
Ganz vorsichtig rieb ich ihre Fußballen, ihre
Zehen, und ich konnte sehen, wie sich ihre Lust
mehr und mehr steigerte. Auch in mir spürte
ich immer noch eine gewisse Lust und das
Verlangen, meine Hand zwischen ihre Beine
legen und sie dort zu streicheln. Ich spreizte
ihre Beine, stellte mich neben das Bett und
legte meine Hand zwischen ihre Beine.
Erwartungsvoll sah sie mich mit ihren großen
Augen an. Sie liebte das Gefühl des Nylons auf
der Haut und ich rieb ihre nasse Muschi durch
die Strumpfhose. Ihr Kitzler war vom Nylon
umhüllt und Monique bäumte sich auf, umso
mehr ich sie daran rieb. Sie stöhnte laut und
schrie mich an, dass ich unbedingt weiter
machen soll. Monique schloss ihre Augen und
schrie ihren gewaltigen Orgasmus heraus. Sie
konnte sich kaum beruhigen und in ihren
Augen konnte ich ein unheimliches Verlangen
nach mehr sehen.
So etwas hatte ich mir in meinen geheimen
Träumen nie vorzustellen gewagt. Es war
einfach umwerfend.
Oh Mann, das hatten wir beide wieder
unheimlich gebraucht. War ja auch kein
Wunder, wenn man den ganzen Tag über damit
konfrontiert wurde.
Ich hatte mich zu Monique gelegt und so lagen

wir Gesicht an Gesicht leicht bekleidet in ihrem Bett. Die Bettdecke hatte ich über uns gezogen und ich wollte den Moment unserer Zweisamkeit genießen, bis wir abends in die Bar gingen.

Es wurde Zeit aufzustehen, wir waren eingeschlafen und es war fast 17:30 Uhr. Monique und ich mussten uns ja auch noch ein wenig herrichten. Ehrlich gesagt glaubte ich nicht daran, dass dieser Typ abends dort auflaufen würde. Aber ich wollte diese Sache auch mal zu Ende bringen. *Vielleicht sollten wir auch noch mal bei mir Zuhause vorbeifahren, damit ich mich umziehen kann.* Mal sehen was Monique davon halten würde, die ich nun erst einmal weckte.

„Süße, wir müssen aufstehen."

„Wie aufstehen? Ich will noch nicht aufstehen", murmelte Monique unter der Decke.

„Wir müssen uns fertig machen und ich wollte mich kurz Zuhause umziehen."

„Wie spät ist es?"

„Wir haben noch eineinhalb Stunden Zeit."

Monique drehte sich noch einmal in ihrem Bett während ich bereits aufgestanden war, um in der Küche etwas zu trinken. *Das kann doch jetzt nicht wahr sein, jetzt steht der schwarze*

Mercedes auch schon hier bei Monique auf der gegenüberliegenden Straßenseite, wie ich aus ihrem Küchenfenster sehen kann. Ich frage mich nur, was das für ein kranker Idiot ist. Der muss uns doch überall auflauern, dass er immer weiß wo wir gerade sind. Ich muss jetzt Monique wecken.

„Süße, steh endlich auf."
„Warum?"
„Dieser Kerl steht jetzt auch schon bei dir vor der Tür und beobachtet uns."
„Warte, lass uns mal nachsehen."

Monique, die immer noch ihre Strumpfhose trug, quälte sich aus dem Bett und ging mit mir in ihre Küche.

„Wo steht der Mercedes?", fragte sie mich mit verschlafenen Augen.„Er stand doch eben da."
„Schnucki, ich glaube du übertreibst langsam. Du siehst doch Gespenster."
„Nein, der Wagen war da. So glaub mir doch!"

Monique schüttelte den Kopf und ging wieder zurück ins Bett. *Ich hab doch den Wagen gesehen, warum glaubt sie mir nicht?*
Zurück im Schlafzimmer setzte ich mich auf die Bettkante und legte meine rechte Hand auf

Monique´s Oberschenkel.

„Süße, warum bist du wieder ins Bett
gegangen?"
„Glaubst du wirklich, dass es Sinn macht, heute
Abend in die Bar zu gehen?"
„So ist unsere Verabredung!"
„Ich meine, glaubst du das er heute Abend dort
aufläuft und ich uns zu erkennen gibt? Ich
glaube eher nicht!"
„Du musst ja nicht mitbekommen, dann gehe
ich halt alleine dort hin. Was soll mir denn
passieren, ist doch öffentlich und kein privates
Treffen. Ich ziehe mich jetzt mal an und rufe
mir ein Taxi."

Ich wusste nicht, ob Monique überhaupt davon
Kenntnis genommen hatte, von dem was ich
gerade gesagt hatte. Ohne von ihr ein für oder
dagegen Sprechen zu bekommen ging ich ins
Wohnzimmer, wo ich mir mein Kleid überzog
und in meine Pumps schlüpfte. Meine Haare
band ich neu zu einem Pferdeschwanz
zusammen, packte meine Handtasche und
verließ Monique´s Wohnung. Ich hatte mich
nicht einmal von ihr verabschiedet und zog die
Tür hinter mir zu. *Eigentlich stand sie doch
immer hinter mir und wollte das Ganze
zusammen mit mir aufklären. Egal, dann*

mache ich das eben alleine.

Mein Taxi hatte ich bereits gerufen und stand nun vor Monique´s Haus und wartete. *Man hatte mir gesagt, dass es nur ein paar Minuten dauert bis das Taxi kommt.*
Von Weitem sah ich einen Wagen mit einem Taxischild oben drauf, das könnte er sein. Ein schwarzer Mercedes hielt direkt vor mir, in dem eine Frau saß, die ganz in schwarz gekleidet war. Sie machte die Scheibe herunter.

„Haben sie einen Wagen bestellt?", fragte mich die Frau.
„Ja habe ich."
„Steigen sie ein."

Ich stieg in das Taxi, aber mit einem etwas mulmigen Gefühl. Das kam mir alles etwas komisch vor. Den Sicherheitsgurt hatte ich umgelegt und ich war fertig zur Abfahrt.

„Wir fahren in die.........", die Fahrerin unterbrach mich.
„Ich weiß wohin wir fahren. Halten sie sich fest."

Keine Ahnung warum die Frau gesagt hatte, dass ich mich festhalten sollte. Jede Ampel war auf grün und sie fuhr in einen angenehmen Tempo.

„Aber wir müssen doch in die andere Richtung."
„Wir machen jetzt noch eine kleine Stadtrundfahrt."
„Warum tun sie das, ich möchte nachhause."
„Sie werden sehen", antwortete mir die Frau.

Wir kamen vorbei an meiner Bank, die eigentlich längst geschlossen haben sollte. *Was machen denn Heiko und Jens vor der Bank?*

„Sie sollten sich verabschieden."
„Warum soll ich mich verabschieden? Ich gehe doch nächste Woche wieder arbeiten."

Die Frau sah mich an, legte den ersten Gang ein und fuhr weiter. *Irgendetwas stimmt hier nicht!*

„Wo fahren wir jetzt hin?"
„Sehen sie gleich."

Wir hatten überall freie Fahrt, selbst an den Straßen, wo wir die Vorfahrt hätten beachten müssen. Kurz darauf standen wir vor der Pizzeria Pietro.

„Sagen sie Goodbye zu Pietro und seiner Frau."

„Warum soll ich Goodbye sagen? Bringen Sie mich endlich nachhause. Ich habe gleich noch eine Verabredung."

„Ich weiß, sie wollen in die „Kellermann Bar."

„Woher wissen sie das?"

Die Frau legte erneut den ersten Gang ein und fuhr einfach weiter.

„Bringen sie mich jetzt nachhause?"

„Gleich, zuerst fahren wir noch zu ihrer Freundin."

„Aber da kommen wir doch gerade her."

„Ich weiß, aber sie haben sich vorhin nicht von ihr verabschiedet. Das müssen sie noch tun."

Mir trieb es die Tränen ins Gesicht als wir kurz darauf vor Monique´s Haus standen. Sie stand oben am Fenster und winkte mir mit einem nicht fröhlichen Gesicht zu.

„Ich möchte mich nicht verabschieden, ich möchte sie einfach nur in den Arm nehmen. Lassen sie mich aussteigen."

Ich versuchte die Tür des Wagens zu öffnen, aber sie war verschlossen.

„Ich will hier raus, lassen sie mich bitte aussteigen."

„Ich bringe sie jetzt in ihr neues Zuhause."

„Ich habe kein neues Zuhause, ich will hier raus."

Ich versuchte mich irgendwie aus dem Wagen zu befreien, doch es funktionierte nicht. Die Frau steuerte den Wagen kreuz und quer durch die ganze Stadt vorbei an den Plätzen, wo ich schöne Dinge erlebt hatte. *Ich versteh das nicht, was ist hier los?*
Mittlerweile waren wir aus der Stadt heraus und fuhren mit hoher Geschwindigkeit über eine Landstraße.

„Wo wollen sie mit mir hin?"

„Ich fahre mit ihnen ganz weit weg."

„Ich möchte nicht weg, ich möchte nachhause."

Die Frau lies sich nicht beirren und fuhr weiter mit Vollgas über Straße vorbei an grünen Feldern. Meine Gegenwehr schien aussichtslos und ich konnte mich nicht wehren gegen das, was gerade geschah. Dort vorne kam eine Ampel, die grün leuchtete und von gelb auf rot schaltete. Die Frau begann zu bremsen. Es war die erste rote Ampel, seit dem ich im Taxi saß. Der Wagen wurde langsamer und blieb letztendlich vor der roten Ampel stehen. Neben der Ampel stand Monique, die den Schaltknopf immer noch gedrückt hielt. Sie hatte die Ampel auf rot umspringen lassen. Langsam bewegte sich Monique auf unseren Wagen zu, öffnete die Tür, streckte mir ihre Hand entgegen und sagte:

„Schucki, ich lasse dich nicht so einfach gehen. Lass uns nachhause gehen, wir haben noch etwas zu erledigen."

Die Frau neben mir war verschwunden und ich stieg aus dem Wagen, ohne nur einen blassen Schimmer von dem zu haben, was gerade passiert war. Monique hatte sich in meinem Arm eingehakt und wir gingen über die Landstraße zu mir nachhause.

Mir kam es vor, als wären wir stundenlang gelaufen. Meine Füße taten mir weh und es war sicherlich schon zu spät, um in die „Kellermann Bar" zu gehen. Als ich zuhause auf die Uhr schaute sah ich, dass es gerade mal kurz nach 17:30 Uhr war. *Komisch, ich war doch solange unterwegs!*
Darauf musste ich erst einmal was trinken.

„Monique, kannst du uns mal einen Wein

aufmachen?"

„Du willst jetzt noch Wein trinken, wir müssen jetzt aber los."

„Aber es ist doch erst ...."

Oh Mann, warum verging die Zeit so schnell. Eben hatten wir doch noch eineinhalb Stunden Zeit. Monique hatte mich in ihr Auto gepackt und wir waren unterwegs zur Bar.

„Meinst du er kommt?", fragte mich Monique.

„Wir werden sehen, jedenfalls sollten wir da sein, um die Sache ein für alle mal zu klären."

Die „Kellermann Bar" hatte keine eigenen Parkplätze, so dass wir unseren Wagen an der Straße abstellen mussten. Es war genau 19:00 Uhr und wir gingen pünktlich in die Bar, um dem ganzen hin und her mit dem Typen ein Ende zu setzen. In einer Ecke hat man uns einen großen Tisch angeboten, der für zehn Leute reichte.

„Warum nehmen wir einen so großen Tisch?", fragte ich Monique.

„Wir brauchen schon ein wenig Platz."

„Meinst du das er wirklich kommt", fragte ich Monique erneut.

„Er wird nicht kommen."

„Warum bist du dir da so sicher?"
„Ich weiß es eben. Wir sind aus einem anderen Grund hier."
„Wie jetzt, habe ich etwas verpasst?"
„Genau, dass Du nichts verpasst, deswegen sind wir hier. Morgen ist dein Geburtstag."
„Stimmt, das hatte ich fast vergessen."
„Ich habe für dich ein paar Gäste eingeladen, um mit ihnen zu feiern."

Steckt Monique hinter dem Ganzen? Mich wundert jetzt nichts mehr.

„Da kommt Andreas", rief Monique.
„Aber das ist doch Mario."
„Ja, wie du gerade bemerkst, ist Andreas und Mario ein und die selbe Person. Ich habe das schon länger gewusst."
„Wollt ihr mich jetzt total verarschen? Warum machst du das?"
„Komm Andreas, setz dich zu uns."

Andreas, Mario begrüßte uns beide mit einem Kuss rechts und links auf die Wange. Er hatte neben mir Platz genommen.

„Ach, da kommt auch schon der nächste Besuch", rief Monique.
„Was macht meine Mutter hier. Mama?"

Meine Mutter begrüßte mich ebenfalls mit einem Küsschen und drückte mich ohne Ende an sich.

„Mama, setz dich. Weist du was hier los ist?"
„Ich weiß Bescheid mein Kind."

Ich kann nicht glauben, was hier gerade passiert.

„Mama, kannst du mir das erklären?"
„Du wirst es selbst heraus finden mein Kind."

Ich hatte Tränen in den Augen und konnte die momentane Situation nicht zuordnen.
„Da kommt ja dein Überraschungsgast", freute es Monique.
„Mareike? Was machst du denn hier?"

Mareike, meine Freundin aus Berlin war da um mich zu besuchen. Darüber freute ich mich ganz besonders.

„Warum hast du dich solange nicht gemeldet?"
„Ich hatte wenig Zeit, doch jetzt habe ich mir die Zeit genommen, um bei deinem Geburtstag dabei zu sein."

Ich drückte Mareike ohne Ende, wollte sie am

liebsten gar nicht mehr loslassen. Wie lange hatte ich auf diesen Moment gewartet.

„Mareike, setz dich zu uns."

Nun hatte ich so viele liebe Menschen um mich herum.

„Sieh nur Schnucki, dort kommt Pietro und seine Frau."
„Das ist ja eine Überraschung. Du hast sie alle eingeladen?"
„Ja, habe ich, nur für dich."
„Kommt, setzt euch an unseren Tisch."

Die beiden setzten sich, nachdem ich sie mit einem Küsschen begrüßt hatte.

„Sie mal, wer kommt denn da?", machte mich Monique aufmerksam.

Es waren Heiko und Jens, die mir beide mit einem Blumenstrauß entgegen kamen.

„Hallo Janine, wir wollten auch dabei sein."

Heiko schloss mich in seine Arme und entschuldigte sich für sein Auftreten in der letzten Zeit. Das selbe bekam ich von Jens zu hören, der heute auf sein Haargel verzichtet hatte und durch eine neue Frisur einen gepflegten Eindruck auf mich machte.

„Jetzt fehlt nur noch einer", stellte Monique fest, die ja die Liste der eingeladenen kannte.
„Wer?", fragte ich ganz neugierig.
„Sieh mal da."
„Nein, dich habe ich total vergessen mein Schatz."

Ein paar Meter vor unserem Tisch stand mein Ehemann Jörg, der einen riesigen Strauß rote Rosen in der Hand hielt. *Wie konnte ich ihn nur vergessen?*
„Wo bist du die ganze Zeit gewesen?"
„Ich war verhindert und konnte nicht eher zu dir kommen."
„Ist ja auch egal, jetzt bist du ja bei mir und ich werde dich nie wieder los lassen."

Ich hielt meinen Mann fest in meinen Armen und ich konnte mich nicht mehr daran erinnern, wann ich mich das letzte mal so wohl in seinen Armen gefühlt hatte.
Nun waren alle um mich herum versammelt und ich frage Monique:

„Wird er noch kommen?"

„Wer?"

„Dieser Kerl."

„Nein.", antwortete mir Monique. „Sieh mal, alle Stühle sind besetzt. Wir haben für niemanden mehr Platz. Es ist 0:00 Uhr, lass uns anstoßen, heute ist dein Geburtstag."

Es hatten sich alle erhoben und hielten ihren Sekt in der Hand. Gemeinsam riefen sie

alles Gute zum Geburtstag Janine

und tranken einen riesigen Schluck aus ihren halbvollen Sektgläsern. Danach stimmten sie alle gemeinsam das Lied „Happy Birthday" an.

Mir wurde es irgendwie ganz komisch im Kopf und es schien mir so, als würde ich fallen, fallen und nochmals fallen, bevor ich begann, meinen Körper zu spüren. Ich hörte Gesang wie von einem Chor. Irgendetwas hielt meine linke Hand fest, während ich versuchte, meine Augen zu öffnen. Es gelang mir nicht richtig, sah alles nur verschwommen. Der Gesang verstummte und ich konnte Stimmen von vielen verschiedenen Menschen hören. Irgendjemand sagte:

„Sie ist wach, sie ist wach!"

Ich versuchte meinen Kopf ein wenig zur Seite zu drehen, konnte dabei eine Frau mit blonden Haaren erkennen. Anscheinend hielt sie mir meine Hand.

„Holt einen Arzt, sie ist wach", hörte ich jemanden hektisch rufen.

Ich spürte ein sanftes Streicheln auf meiner Handfläche und sah eine Frau, die mich anlächelte.

„Jetzt bist Du wieder bei uns", hörte ich die Frau sagen.

Ich versuchte meinen Kopf in die andere Richtung zu drehen. Dort standen ganz viele Leute, die mit fröhlichen Gesichtern auf mich blicken. *Die Tür öffnete sich und die Leute wurden nach draußen geschickt, warum?*

„Können sie mich verstehen?"

Ich nickte ein wenig, da ich nicht sprechen konnte.
„Wissen sie wo sie sind?"

Ich bewegte meinen Kopf hin und her.

„Sie sind im Krankenhaus auf der Intensivstation. Sie hatten einen Unfall."

Das musste der Arzt sein, der mir mit einem Licht in die Augen leuchtete.

„Ihr Zustand ist wieder stabil, so dass ich erlauben kann, das ein kleiner Teil ihres Besuches wieder kurz zu Ihnen kann. Danach müssen sie sich ruhen."

Ich konnte sehen, wie ein Mann und eine Frau wieder an mein Bett kamen und sich setzten.

„Alles Gute zu deinem heutigen Geburtstag", hörte ich von einer Frauenstimme.

Meine Augenlider waren schwer und ich wollte einfach nur schlafen. Einen leichten Druck auf meiner Hand verspürte ich, bevor ich wieder einschlief.

Am nächsten Morgen war ich schon etwas wacher als am Vortag und ich konnte mein Umfeld besser erkennen. Die künstliche Beatmung hatte man ausgestellt, so dass ich wieder selbstständig atmete und dadurch auch sprechen konnte, auch wenn es mir noch recht schwer fiel. Überall aus meinem Körper kamen Schläuche, so dass ich dachte, dass es normal sei. *Mal sehen wann der Arzt kommt, der wird mir sicherlich näheres sagen können.*

Die Tür ging auf und ich konnte Monique erkennen, meine beste Freundin. Sie kam gleich auf mich zugestürzt.

„Schnucki, wie geht es dir? Wir hatten solche Angst um dich."

Monique nahm meine Hand und setzte sich neben mein Bett. Mit leisen Worten sagte ich:

„Was ist passiert?"
„Du hattest am Montag Morgen, als du zur Arbeit wolltest einen Unfall. Seit dem liegst du hier auf der Intensivstation."
„Was ist heute für ein Tag?"
„Es ist Sonntag."
„Ich habe hier eine Woche so gelegen?"
„Ja, und es gab Tage, wo wir richtig Angst um dich hatten."
„Wann?"
„Vorgestern, da gab es ein paar Komplikationen. Aber das kann dir der Arzt besser erklären."

„Wo ist mein Mann?"

„Der wartet draußen. Ich habe ihm gesagt, dass ich erst einmal alleine zu dir rein gehe."

„Hol ihn bitte."

Monique war nach draußen gegangen, um Jörg hinein zuschicken. Das einzige was mir derzeit zu meinem Mann einfiel war, dass es in letzter Zeit in unserer Ehe gewaltig kriselte. Trotzdem freute ich mich ihn zu sehen.

„Hallo Janine", hörte ich es ganz leise.

Jörg hatte einen Strauß rote Rosen in der Hand und bewegt sich ganz vorsichtig in Richtung meinem Bett.

„Wie geht es dir?", fragte mich Jörg.

„Na ja, ging schon mal besser", flüsterte ich ganz leise.

„Werde erst einmal richtig gesund und dann werden wir über alles reden. OK?"

„Ja, OK, das machen wir."

In dem Moment kam gerade der Arzt, der mit seinem Team die Visite machen wollte. Meinen Mann hatten sie nach draußen geschickt, der danach wieder zu mir kommen konnte.

„Guten Morgen Frau Baumbach. Wie fühlen sie

sich?"

„Es geht so, ich kann meinen linken Fuß nicht spüren."

„Frau Baumbach, wissen Sie was passiert ist? Haben sie irgendeine Erinnerung?"

„Ich bin wohl zur Arbeit gefahren, von links kam ein Auto."

„Frau Baumbach", der Arzt versuchte anscheinend die richtigen Worte zu finden.

„Sie sind bei grün über eine Kreuzung gefahren. Von links ist jemand bei Rot über die Ampel gefahren und hat sie voll erwischt. Dabei sind sie in ihrem Fahrzeug eingeklemmt worden. Die Feuerwehr hat sie aus dem Fahrzeug schneiden müssen. Ihr linker Fuß ist dabei eingequetscht gewesen."

Mir gingen in dem Moment die übelsten Gedanken durch den Kopf und ich schaute den Arzt und sein Team mit großen Augen an.

„Frau Baumbach, es tut mir leid, dass ich Ihnen das jetzt sagen muss. Ihr linker Fuß ist bei dem Unfall sehr schwer verletzt worden. Aber wir konnten ihn retten. Es wird noch eine ganze Weile dauern, bis sie wieder richtig Gefühl in ihrem Fuß haben."

Oh Mann, wenn ich mit allem gerechnet hätte, aber nicht damit. Wie soll das jetzt bloß weiter gehen?

„Habe ich sonst noch irgendwelche Verletzungen?", fragte ich den Arzt.
„Bis auf einige Prellungen und Schnittwunden ist alles OK. Die Wunden werden verheilen und sie werden später davon nichts mehr sehen."
„Aber was ist mit meinem Fuß?"
„Wenn alles gut verheilt ist, werden wir sie in eine Reha schicken und da wird man ihren Fuß wieder richtig herstellen können."
„OK."

Ich wusste im Moment nicht ob ich Weinen oder Lachen sollte. Einerseits war ich froh, dass ich lebte, aber andererseits könnte ich heulen wegen meinem kaputten Fuß.

„Frau Baumbach, vorgestern haben sie uns einen riesigen Schrecken eingejagt."
„Warum? Was ist passiert?"
„Sie hatten einen Herzstillstand, das war ganz knapp."
„Danke Herr Doktor, dass Sie mir geholfen haben."
„Bedanken Sie sich bei ihrer Freundin, sie hat die ganze Woche neben ihrem Bett gesessen,

sie täglich umarmt und als sie den Herzstillstand hatten, hat ihre Freundin sofort und ohne zu zögern mit der Wiederbelebung begonnen bis unser Team kam. Ohne sie hätte es vermutlich anders ausgehen können. Ruhen sie sich, alles wird gut Frau Baumbach."

Ich hatte wieder Tränen in den Augen, das musste ich erst einmal verkraften. *Meine beste Freundin war immer an meiner Seite?*
Der Arzt und sein Team verließen das Zimmer. Monique und Jörg durften wieder herein, aber ich wusste nicht, wie ich mit der Situation umgehen sollte. Beide setzten sich neben mein Bett auf die Stühle, die sie sich herbeigezogen hatten.

„Jörg, Schatz, ich brauche jetzt deine Hilfe, um das alles hier zu überstehen. Lass uns reden, wenn ich wieder einigermaßen auf dem Damm bin, um alles aus der Welt zu schaffen, was uns sich in unserer Ehe in den Weg gestellt hat."
„Mach dir bitte keine Gedanken, wir schaffen das."
„Kann ich jetzt kurz alleine mit Monique reden und danach möchte ich schlafen."
„Natürlich."

Jörg gab mir einen Kuss auf die Stirn und

verabschiedete sich so von mir. Da waren noch ganz viele Gefühle, das merkte ich und ich glaubte, dass es ihm auch nicht anders ging. Monique hatte er auch kurz umarmt und sich dann auf den Heimweg gemacht. Auch für ihn musste es ein großer Schock gewesen sein, was in den letzten Tagen so alles passiert war. *Doch Gott sei Dank, gab es ja meine Freundin.*

„Süße, der Arzt hat mir erzählt, was passiert ist. Ich möchte mich bei dir für das bedanken, was du für mich getan hast."
„Du musst dich nicht bedanken, jeder andere hätte das auch getan. Ich war nur gerade diejenige, die in diesem Moment bei dir war."
„Drück mich bitte", forderte ich Monique auf, die sich über mich beugte und mich ganz fest in ihre Arme schloss.

Am liebsten hätte ich sie gar nicht mehr losgelassen, meine beste Freundin Monique.

Nachdem ich das Krankenhaus verlassen hatte und wieder bei Kräften war, konnte ich Monique von dem erzählen, was ich im Unterbewusstsein erlebt hatte. Für sie war es in keinster Weise abstoßend, weil sie mir danach gestand, dass sie wirklich diese Vorlieben hat.

Seit dem kann ich bestens mit dem Thema umgehen und auch in mir verbirgt sich auf einmal eine Phantasie, die ich bisher nicht kannte.

ENDE

Fortsetzung folgt..........